# CONTENTS

“不知此為何處，前往夢想之地

抵達夢想之地，不知此為何處”

*—Wherever I go, there I am.—*

## 第三話

# 「兩人之國」

## —Even a Dog Doesn't Eat—

# 第三話「兩人之國」

## —Even a Dog Doesn't Eat—

「歡迎！旅行者！歡迎來到我國！」

這個衛兵高興萬分地說道：

「這是入境時必須填寫的問卷，請妳據實以答。啊，不用想太多，請逕行作答；憑妳的感覺選擇答案就行了。」

一座高聳城牆的城門前，一個小崗哨裡的衛兵突然掏出一疊厚厚的文件給剛剛抵達的旅行者。還有一支筆。

旅行者略帶驚訝地看著手上的文件。

她年約十五歲，黑色的短髮雖然蓬亂，但精悍的面貌有著一雙大眼睛。脖子上還掛著一副防風眼鏡。

她穿著黑色夾克，繫在腰上的寬皮帶上掛著好幾個小腰包。右腿懸掛著一支掌中說服者（註：Persuader=說服者，是槍械。在此指的是手槍）的槍套，裡頭有把八角形槍管的左輪槍。

旅行者向衛兵問道：

「我填寫就可以了嗎？這傢伙也要入境耶……」

說完便以姆指指了指停在身後的一輛摩托車。上頭載滿了包包、睡袋等行李。

「只要妳填寫就可以了。呃——請問貴姓大名？」

「我叫奇諾。」

這位名叫奇諾的旅行者報上自己的名字後，又指著摩托車說：

「這位是我的伙伴漢密斯。」

「你好。」

那輛名叫漢密斯的摩托車遠遠地對衛兵打聲招呼。衛兵也輕輕點頭回禮。

「總之很歡迎兩位來到我國。文件只要奇諾填寫就可以。雖然會花上一點時間，不過麻煩妳盡可能全部作答。妳可以坐在這邊的桌椅上慢慢寫。」

「好的……這是入境的必要條件嗎？」

「是的，沒錯。」

奇諾確認道，衛兵則明確地點頭。

奇諾回答「我了解了」，然後就坐在椅子上翻閱這疊厚厚的問卷。

裡頭的問題包括了姓名、年齡、身高體重。興趣及喜歡的食物、喜歡的顏色、喜歡及討厭的音樂、覺得自己個性如何、對事物的思考方式、服裝的品味等等。

甚至還有看了墨水潑撒的圖案，讓你聯想到什麼？會把自己比喻成什麼動物？看到拳打腳踢的場面有什麼感想？對農事有什麼看法？喜歡小孩嗎？早起嗎？喜歡或討厭飼養寵物？曾經在欣賞舞台劇或閱讀的時候感動落淚嗎？喜歡貓還是狗？曾做過彩色的夢嗎？會在意別人的眼光嗎？會不會討厭跟老人一起生活？喜歡賭博嗎？

「……唉～」

雖然奇諾嘆了好幾口氣，終究還是把問卷填完，然後再交給堆滿笑容等著她完成的衛兵。

後來衛兵還幫奇諾留影存證，說是為了製作審查文件所需。他拍了上半身正面跟全身照。雖然他拼命叮嚀奇諾要面露微笑，不過怎麼拍都是板著臉的模樣。

「好了，非常感謝妳的配合。」

好不容易等到入境許可下來，厚重的城門也開啟了。奇諾把睡死了的漢密斯敲醒。

她們入境的時候，已經是夕陽西下了，天空也開始烏雲密佈。
奇諾找到一家便宜的旅館投宿。
這時天開始下起雨來。
於是奇諾決定那天不出門，吃完飯洗好澡之後，就上床睡覺。

隔天，奇諾隨著黎明起床。
此時雨已經停了。奇諾在房間做點簡單的運動，然後拿出名為「卡農」的說服者練習。
奇諾在旅館吃過早餐後，就把漢密斯敲醒。她把行李寄放在旅館裡，接著便開始出門觀光。
這個國家並沒有想像中的大。
城牆裡的是一片平坦的土地。城內有規劃整齊的道路，以及一棟棟看來年代並不久遠，以鋼筋水泥建造的無趣建築。
「這城市一點都不美嘛～」

漢密斯說道。

奇諾則向路人詢問這國家有什麼優點。但是得到的答案卻是大同小異。

「如果要符合旅行者你所謂的優點……應該就是治安很好吧?」

「…………這個問題很難回答呢,如果硬要說的話……真的好難回答哦。」

「應該是酒很好喝吧?什麼?妳不喝酒?總之比較特別的就是這點吧……」

「沒有,因為這國家剛成立不久,而且也不是什麼觀光景點。」

奇諾漫無目的地騎著漢密斯亂逛。不知不覺就騎到這國家的盡頭,於是又調頭折返。

後來奇諾在路邊的露天咖啡座悠閒地喝起茶來。

休息了一陣後,她走向停放在寬敞人行道旁的漢密斯,此時聽到有人在街上大呼小叫。

奇諾跟漢密斯往傳出聲音的方向望去,只見一對年輕男女在車道的下坡道前大吵大鬧,而且有越演越烈的趨勢。

「怎麼了?」

奇諾驚訝地說道。漢密斯則開心地說:

「正如妳看到的,就是街頭火拼囉。我是覺得一直零星揮出鉤拳的男人比較佔優勢。不過那女人的踢功也很乾淨俐落。啊,這一記左踢分出勝負了!」

「又沒人叫你做實況轉播……」
「要去阻止他們嗎？」
「我倒是想叫他們讓路耶！」
奇諾說完便朝兩人走去。
「啊，旅行者！妳想做什麼？」
有人從背後叫住奇諾，是一名身穿制服的年輕警官。
「警察先生，你來得正好！」
漢密斯說道，奇諾馬上接著說：
「前頭有人在吵架，可以請你過去勸架嗎？」
警官把頭撇到一邊說：
「不用管那兩個人啦！」

「真的沒關係嗎？」

「是的，一點問題都沒有哦！而且他們好像已經吵完了。」

仔細一看，雙方已經停止爭執，而且還肩併著肩離去呢。

警官勸奇諾道：

「旅行者，有件事想請妳配合。縱使看到男女在吵架也千萬不要阻止他們。這國家從沒有人會干預情侶或夫妻之間的爭吵。況且事態並不嚴重，很快就會結束的。」

「真的是……那樣嗎？」

奇諾訝異地問道。警官笑著回答：

「是的。要是和他們扯上了，後果恐怕對任何一位旅行者都沒什麼好處。倒是請妳盡情享受停留在我國的行程，這裡有許多其他國家沒有的特色哦。那麼，本官就此告辭了。」

警官在敬完禮之後離去。

「『特色』？在哪裡？」

漢密斯小聲地說道。

奇諾隨便吃了點午餐之後，便幫漢密斯補充燃料。接著經過短暫的討論之後，雙方取得了共識，決定取消今天的觀光行程好好休息。於是便準備回去飯店。

在等紅綠燈時，一旁車裡的人向她們打招呼。

「妳好！旅行者！」

開車的是一名戴著眼鏡，年約三十多歲的男性。全身西裝筆挺還打著領帶。

「旅行者，不嫌棄的話，要不要來我家喝杯茶呢？我正準備回家，而且我家就在前面而已。怎麼樣？願意和我們夫婦一起聊聊妳旅途上的體驗跟我國的事嗎？」

漢密斯說「反正閒閒沒事，有何不可？」於是奇諾便點頭答應，並表示會跟在男人的車子後頭到他家去。

男人住在四周緊鄰著許多兩層樓房子的集合住宅。

他太太出來玄關前迎接。是一位長髮披肩、眉清目秀的女性。

「你好，這是我妻子，長得很漂亮吧？」

男人開心地說道，然後在太太的臉頰上吻了一下。

「旅行者、摩托車，妳們好，歡迎來到我們家。」

太太面帶笑容向她們打招呼。奇諾回禮之後，馬上為自己和漢密斯做了一番自我介紹。

男人邀請他們走進家門。走到奇諾後頭準備關門的女人，一看到掛在奇諾右腿上的『卡農』，眼神隨即為之一亮，接著又心平氣和地問道：

「旅行者，妳有帶說服者啊？」

「咦？是的，啊……如果妳有意見，我馬上把它收起來。」

奇諾慌張地回答，不過女人卻笑著搖搖頭說：

「不必了，妳就這樣帶著沒關係。隻身出來旅行本來就很危險。妳打算在這國家停留多久？」

奇諾回答：

「到明天，或許明天一早我就要啟程離開了。」

「這樣啊……」

女人輕聲呢喃道。

在男人的邀請下，奇諾坐到飯桌前。漢密斯則是立起腳架停在她身後。

男人對著在隔壁廚房的太太說：

「我想喝點東西，拜託妳了。」

「好，我馬上送過去。」

太太提高聲調回應。接著男人彬彬有禮地對奇諾說：

「歡迎來到我家，我們很少有機會跟外人交談。請問旅行者及摩托車先生，到目前為止，兩位覺得這個國家如何？」

「很無聊。」

漢密斯馬上回答。

男人笑著說：

「哈哈哈，摩托車先生你真老實。這國家的確很無聊，也沒有什麼美麗的風景或悠久的歷史。但卻是個好地方。不僅與世無爭，治安也很好，讓人民都能過著悠閒的生活。像我每逢假日都去跟朋友打網球呢！」

女人端著放有瓶子和杯子的托盤走了過來。瓶子裡裝的是酒。她在杯子裡斟滿酒端給了男人。

男人的表情雖然有些詫異，不過他馬上將那杯酒喝光，然後「呼～」地嘆了一口氣。沒多久他的臉慢慢變紅，接著向站站在一旁的太太問道：

「喂——怎麼沒有下酒菜？」

「噢……好，我馬上端來。」

太太如此回答，想不到男人這時候突然氣沖沖地大吼：

「『馬上端來』？妳講這什麼話，混帳東西！」

男人站起來揪住他太太的頭髮，開始猛力拉扯。

「哎呀！」

只聽到女人慘叫一聲，兩人便走進隔壁的房間。

裡面隨即響起一陣打鬧聲。

『混帳東西！混帳東西！混帳東西！』

那男人拼命大吼著，後頭還接著許多教人聽不清楚的叫罵聲。

『沒用的廢物！妳就不能機靈一點？想害我丟臉嗎？妳那麼不想做事啊？也不想想是誰供妳吃穿？啊——有沒有聽到啊妳？臭沙！』

接著聲音沉寂了下來，到後來……

『哼！算了，快去煮菜吧！動作快點！今天我心情好，暫時不跟妳追究！還不快去，白癡！』

男人話一講完沒多久就傳來「咚」的一聲，似乎是有什麼東西掉到了地上。

男人滿臉通紅地走回飯廳。一回座就一臉歉意並畢恭畢敬地說：

「真是不好意思，讓妳撞見這麼難看的場面。平常她還蠻努力做事的說，只可惜天生是個廢物。希望沒惹妳生氣，也請妳不要見怪。對了，旅行者要不要也喝一杯？」

奇諾表情不變地回答：

「謝謝，我不喝任何含酒精的飲料。」

「是嗎？那麼吃點這個如何？」

男人勸她試試點心盤裡的餅乾。

奇諾回道：「那我就不客氣了」，接著便拿起一塊餅乾送進嘴裡。這時女人搖搖晃晃地出現在飯廳。頭髮凌亂的她用手按著額頭邊，像個幽靈似的走進廚房。這下男人在她背後大吼道：

「還不倒茶招待旅行者？動作快點！」

男人愉快地往自己的酒杯裡倒酒，興高采烈地打開了話匣子。

「哎呀～我還真羨慕你們這些旅行者呢！真的很羨慕！因為你們可以到各地旅行。嗯嗯，以前我也騎過摩托車喲！是引擎長這樣，還有突出兩個東西的那種……不是我愛吹牛，我騎車的技術真的很好喲！噢，老實說我還是摔過車啦，因為我只跟人家借車騎過。嗯嗯嗯……咿咕！嗝！而、而且，我也很想出去旅行喲！旅行者！旅行者！旅行很開心吧？」

奇諾笑著對男人說：

「對呀，很開心，可以親眼看到許多風俗習慣不同的國家。」

「妳還真會掰呢。」

漢密斯用小到幾乎沒人聽見的聲音說道。

「沒錯，就是這點！」

男人「啪」地拍了一下膝蓋，並搖晃著上半身開心地說道：

「到各個不同的國家……很多都是像妳這樣，嗝！可以到各處增廣見聞！嗯嗯，真令人羨慕啊——人就是要趁年輕的時候像妳這樣。糟糕！」

男人在把身體往前探的時候，因為失去平衡差點摔倒。不過手臂卻正好打到端飯菜過來的太太。女人失手讓碗盤落地，把飯菜撒得一地。

「哎呀！」

女人失聲驚叫。

男人突然臉色大變。並露出凶神惡煞的表情瞪著他太太。

「妳哎呀個什麼勁？喂！妳這個廢物！剛才在發什麼呆！這些下酒菜全都泡湯了！嗝……沒用的東西！混帳！給我全部撿起來吃掉！」

奇諾又吃下一塊餅乾。

男人狠狠揪住他太太的長髮，硬把她的臉拉向自己，接著又將她拖進了隔壁的房間裡。

『妳這個王八蛋！』

只聽到嘶啞的聲音不斷響起，男人不斷罵道：

『真的是！連端個下酒菜給客人都不會！妳真的很沒用耶！根本就是個人渣！……哼，妳也替在場的我顧一下面子吧！說話啊！臭沙！白癡！我說的話妳有沒有在聽啊？』

然後是一陣沉寂。

『我真會被妳的愚蠢氣死！難得家裡有客人來說！要知道妳是託誰的福才有得吃穿？靠誰的錢才能過活？這個家是誰在養的？說啊？……算了，我今天工作很累！想去睡了！去把那些東西收拾收拾，記得要清乾淨！地板要給我擦得亮晶晶的！聽到了沒有，廢物！』

接著又傳來東西掉落的聲音。

男人再度走回飯廳。

「旅行者跟摩托車先生，真是不好意思，抱歉我要先離席了。今天很高興跟妳聊這麼多。不嫌棄的話，就請把這裡當自己的家。有什麼需要就儘管命令我太太幫忙。雖然她實在沒什麼用啦。」

他彬彬有禮地說完這些話，就走進隔壁的房間大喊：

「快去工作！」

然後把他太太拉了出來。最初遭到毆打的額頭已經整個腫起來，嘴角也被打傷而淌血。

男人將他太太甩在飯廳地板上，便踩著不穩的步伐走進屋子裡。不久他爬上樓梯，踉蹌的腳步聲讓人不禁為他捏把冷汗。

奇諾看了一眼漢密斯，然後從椅子上站了起來，蹲下來幫女人收拾掉落在地板上的飯菜。

「不必了，請別這麼做。」

女人開口制止奇諾。

「對不起，真的不必了。請妳坐著就好。」

「她說的沒錯，奇諾。妳還是坐著比較好。」

漢密斯在後面說道。奇諾又看了漢密斯一眼，接著便坐回椅子上。

女人一面按住淌血的嘴角一面收拾散落的飯菜，然後開始擦拭地板。

待她把桌面收拾乾淨，在廚房洗好手、擦乾臉之後，便端了一杯茶給奇諾。奇諾向她說聲謝謝，並接下那杯茶。

「麻煩等我一下。」

女人話一說完便走出飯廳。只聽見樓梯先是響起上樓的腳步聲，不一會兒又傳來下樓的腳步聲。

女人一回到飯廳，便坐向奇諾面前。她右眼上方腫得很厲害，下唇淌的血已經快凝固了。

「很訝異吧……」

女人開口問道。
「是的，不過也還好。可能是上午曾看到一對情侶在大馬路中央公然吵架的關係吧。本來我想過去勸架，卻被警官制止了。」
「原來如此啊……」
「原來你們國家是這個樣子的啊？」
聽漢密斯這麼一問，女人點了點頭。
「沒錯。根據我們國家的風俗跟法律，兩個相愛的人之間不需要有任何顧忌。因此除了殺人以外，對配偶做任何行為都不算有罪。」
「…………」「…………」
「可是對我來說，這沒什麼好驚訝的。因為從以前就一直是這樣。」
「原來如此。」
奇諾說道。
「對了，妳怎麼會嫁給這種人呢？」
漢密斯不客氣地問道。
女人露出微笑。那微笑夾雜著自嘲，以及「這問題問得真好」的喜悅。

「這是真的，一點也沒錯。我怎麼會跟這種人結婚呢？」

「他婚前就是那副德行嗎？」

漢密斯再次不客氣地問道。

「不，他並沒有那樣。我第一次在相親席上看到他時，覺得他看起來是個誠實又迷人的男人。」

女人如此說道，奇諾問道：

「什麼是『相親』？」

「既然是他們第一次見面時坐的地方，應該是餐廳的名字或什麼的吧？對不對？」

聽到漢密斯這麼說，女人先是點頭說聲「嗯」，接著又說：

「『相親』是這國家的習俗，指的是想結婚的男女透過第三者的介紹初次見面。他們會試著將雙方家庭環境跟經濟狀況等方面相似，並且將來可能一起過起融洽生活的情侶配對，再撮合他們結婚……可說是幫忙媒合的仲介程序吧。」

「這麼說，也有人會跟原本並不喜歡的人結婚囉？」

奇諾訝異地問道。女人回答說：

「嗯，也可以那麼說……在這國家，沒有結婚的大人就不會被當做成人。男性必須建立並保護他的家庭，女性必須在家裡確實做好家事。」

「這樣啊——」

「所以大家一過二十五歲就開始著急。深怕自己是不是這輩子都結不了婚？是不是不會被當做成人？到了這時候，旁人多數就會勸你去相親。」

「原來如此……可是，結婚不應該是兩個相愛的人想跟對方共度人生才做的選擇嗎？」

奇諾問道。

「是的。」

「這麼說來，所謂『相親』就是為了結婚而選擇對象……妳不覺得程序跟目的顛倒了嗎？」

女人思考了一下，接著微微點著頭說：

「經妳這麼一提，這倒是真的。不過旅行者，只要最後婚姻生活美滿，結論就是一樣的。也有人是戀愛結婚，到頭來婚姻還是不美滿。想必也有人靠相親結婚，之後過著美滿的生活……這樣的例子還是有的。像我父母也是靠相親認識而結婚，他們就建立了非常幸福的家庭。我就是在這種環境下長大的。因此我就以我父母為人生範本，夢想自己也要像他們一樣。旅行者妳應該也是如此吧？」

「…………」

「可是，妳先生卻是那副德性。」

見奇諾沉默不語，漢密斯又把話題拉了回來。

「是啊……婚前還有婚後沒多久，他對我都很尊重，所以不曉得會這樣。不過，生活久了之後他就越來越不客氣……我就覺得這場婚姻已經走到了盡頭。不，或許本來就會有這種結果吧。有一次他看到地板上有小小的灰塵，就突然揮拳揍我。當時我嚇了一大跳，也不曉得究竟發生了事，就只是被他一直毆打。」

「嗯！嗯！」

漢密斯回應道。

「從此以後，就算是一點點瑣事，他都會對我施暴。喝了酒之後更是厲害。不是把我推下樓梯，就是用煙頭燙我……還曾在下雪的嚴冬把我關在屋外呢。」

「…………」

「還有呢?」

漢密斯感興趣地問道。女人神情依舊,淡淡地說:

「當我被傷得太重,不方便再打下去時,他就使出其他手段。他曾對我的舊識說我精神有問題,是個『失常的女人』。就算不再對我施暴,也會每隔一個小時便兇神惡煞地臭罵我一頓。當初我嫁進門時帶過來的東西,如今已是一樣也不剩。不是被他拿去扔了,就是被他打壞。像去年我還有養貓,但是他卻趁我不在的時候把牠摔在地上……不得已只好讓牠安樂死。這時候他因為虐待動物被處以罰金。但後來又怪我不該養那種東西而打我。」

「………」

「嗯嗯嗯。」

「我因為想充實知識,便買了書跟教材。可是全被他拿去燒掉。他說家庭主婦沒必要當什麼知識份子。那我就想說買食譜跟做家事有關的書,他就說我學什麼都學不會,就只會浪費錢,然後把那些書全丟掉。從此以後,我也不曉得家裡的經濟怎麼樣?我的壽險也不曉得在什麼時候被解約,而我的零用錢少到根本就沒有。結果他跟我說『奴隸是不配帶錢的動物,妳只要閉上嘴乖乖跟著我就行了』。」

「喔——原來如此,我了解了。」

漢密斯感慨地說道。女人繼續說下去。

「不過剛開始他對我施暴的時候，都會在隔天早上跪在地上哭著向我道歉。然後我也會跟著哭。而且心想『唉～其實他還是很溫柔的』就完全原諒他。這樣的情況一而再的重覆喲！因為他施暴後沒多久，就會溫柔得讓我雞皮疙瘩掉滿地。所以就會反省是自己沒盡到妻子的責任，因為我太幼稚才惹他生氣，還為此煩惱不已呢。而且我還曾經想過，如果他在人性上有什麼弱點，能夠治癒他的也只有我了，這是我的使命。」

說完這些，女人微微一笑。

「請問，你們不能離婚嗎？」

奇諾問道。結果女人露出了比挨打時還要悲傷的表情。

「妳果然不曉得……不，身為旅行者的妳不知道也是天經地義的，請恕我剛剛不當的發言。這個國家把離婚視為見不得人的事，因此完全不受理。除非其中一方去世，婚姻生活才算結束。」

「天哪，是因為這裡的宗教觀嗎？」

「不，應該說是社會的共通理念吧？過去似乎可以離婚，但就算面臨到那種狀況，也會被當做是非常不名譽的事情。離婚的人會被視為無法保護家庭，不適合在社會生存，個個都會變得無所適從。為了消弭這種情況，因此法律才全面禁止離婚。」

「……這樣子啊。」

奇諾有氣無力地感嘆道，接著瞄了漢密斯一眼。

當奇諾想繼續說下去的時候，

「旅行者，」

女人抬起鼻青臉腫的臉望著奇諾，壓低聲調說：

「我想求妳一件事……」

奇諾再次望著那女人，並靜靜看著她。

「什麼請求？有什麼我幫得上忙的嗎？」

「嗯，這件事也只有妳才辦得到。而且不會給妳添麻煩的。我也會盡可能答謝妳。即使這個家有什麼妳想要的物品，妳都可以帶走。至於我的請求，這跟我先生有關……」

「我就知道。」

漢密斯簡短地說。

「請問是什麼事？」

奇諾問她。

女人回頭看了一下，確認後頭有沒有人。之後她露出苦惱的表情，然後小聲但清楚地對奇諾說：

「旅行者，我想請妳用妳的說服者殺了我先生。」

「知道了！我們接受！」

漢密斯開心地簡短說道。

「對不起，請不要理會這傢伙的胡言亂語。」

奇諾更正道。

女人表情不變地望著奇諾說：

「求求妳，現在他正在睡覺，寢室的鑰匙也在我這兒。」

奇諾輕輕搖著頭說：

「就結論來說是不行的，我不能接受。」

「真的不行？」

漢密斯語氣輕浮地問。

「不行啦，這算是殺人耶！」

聽到奇諾這麼說，漢密斯以略帶訝異的口氣說：

「奇諾，妳已經殺過不少人了吧？這句話很沒說服力哦！」

「問題是情況不一樣。如果真那麼做，我會遭到這國家的制裁。這在法律上算是殺人，我可不想進這裡的監獄。」

「說的也是，就算這位太太以後遭到什麼虐待，奇諾也不會死，還能夠繼續旅行。一想到這點，的確是不關妳的事呢。」

漢密斯語帶諷刺地向奇諾說道。

「關、關於這點……」

被撇在一旁的女人畢恭畢敬地打斷了他們的對話說道：

「關於那點，請不用擔心。那是不會構成殺人罪的。」

奇諾露出彷彿她睡醒時發現已是日正當中的錯愕表情。

「這話是什麼意思？」

「其實是法律規定。如果外國人在這個國家犯下罪行，只要在一天之內出境，就不會被追究刑責。若要問為什麼會這麼規定……其實以前警察本來也會拼命追捕犯人，但最後都因為逃到國外而無法逮捕。於是為了躲避市民批評警察無能，逼不得已才制訂出這條不追究外國人違法行為的法律。因此就算旅行者在這國家殺幾個人，明天早上應該也能順利出境。」

「…………」

奇諾沉默不語，漢密斯說：

「可是……」

女人繼續說下去：

「所以妳若是被警官攔住，就是因為這條法律的關係。只是說，一旦被他們查到是我告訴妳這些事，那就變成我有罪了……不過那都無所謂了。」

奇諾思考了一會兒，然後說：

「……可以問妳一個……不，兩個問題嗎？」

「請說。」

「如果妳是因為受不了丈夫對妳施暴而殺了他，會被判什麼罪啊？」

「是死刑。任何人殺死配偶都會被視為一級殺人犯，所以是唯一死刑。因為夫妻間的暴力並不構成犯罪，也沒有任何問題。所以就變成我沒有理由殺死配偶。」

「…………再問妳一個奇怪的問題。請問妳先生說的『臭沙』是什麼？」

女人微笑地回答她。

「是指沙包，他常常那麼叫我。」

「…………」

「所以囉……奇諾，妳有沒有在聽？」

「有啦！」

女人看著奇諾，面露看似懇求又像是崇拜的表情。

「求求妳……請務必答應我……」

「怎麼辦，奇諾？」

奇諾站了起來，看著右腿那把裝了六發子彈的「卡農」，然後說：

「我們走吧，漢密斯。」

「我就知道。」

漢密斯如此簡短回答的同時，女人露出了無法置信的表情。她站起來將椅子踢到一旁，緊抓著奇諾的腳不放。

「為什麼！求求妳！我已經受夠這種生活了！妳沒看到嗎？妳也看到了不是嗎？我一直活在他的暴力陰影下！旅行者！我沒有其他辦法了！拜託！這是我第一個，也是最後一個機會！我相信自己就是為了這一天的到來才忍受到現在的！請妳答應我好嗎？」

「抱歉……打擾了。」

奇諾冷靜地撥開那女人拚命央求她的手。

接著踢起漢密斯的腳架，將它朝玄關推去。

「求求妳……拜託……」

快走到大門的時候，奇諾回頭看那個在地板上放聲大哭的女人。

「謝謝妳的餅乾。」

最後又對淚水直從圓睜的雙眼滾落的女人說：

「很遺憾，我並不想當上帝。」

奇諾她們走出集合住宅，來到了大馬路上。

「我心情好糟呀。」

奇諾簡短地說道。

漢密斯安撫著她說：

「我能體會妳的心情喲，奇諾。不過，發生在這個國家的事，只能在這個國家裡解決。不管旅行者怎麼說或怎麼做，既然都說是他們自己訂的規則，那我們也無可奈何。就跟乾澀拿針一樣。」

「那是誰？……你的意思是干涉內政？」

「就是那個意思！」

說完，漢密斯便沉默不語。

「一點也沒錯，正如漢密斯說的，我也明知道是這樣，心情才會更糟啊。」

「那妳就節哀順變吧。奇諾，吃一大堆甜食可以治好焦慮不安喲！啊，其實這也是基本常識啦。」

奇諾「呼——」地嘆了一口氣。

「就這麼決定吧，不曉得早上去的那家咖啡廳有什麼東西可吃……」

於是奇諾發動漢密斯的引擎，戴上帽子跟防風眼鏡之後，就開始在馬路上奔馳。

「奇諾，我猜妳應該有發現到一件事吧？」

行進的時候，漢密斯語帶保留地說道。

奇諾點點頭說：

「嗯。她一直保持沉默，而且大白天就端烈酒出來，還把飯菜灑在地上，那些全都是故意的……那些我都知道。」

「她的計劃還真細膩，連我都被感動了。」

「畢竟這世上有各種各樣的人……」

「嗨，旅行者！」

對奇諾跟漢密斯打招呼的是上午遇到的警官。他們正位於已經打烊並整理乾淨的露天咖啡廳前一片冷清的人行道上，神色失望的奇諾正準備把帽子戴上。

奇諾沒有任何回應地走近警官。然後視若無睹地從一臉意外的警官右邊走過。

就在那一瞬間，奇諾把右手伸向警官腰際的槍套，並拔出裡頭的說服者。

雖然警官馬上驚覺，但同時又感到有個東西抵著他的背，讓他整個人都僵住了。過沒多久就聽到有人說：

「請不要亂動，也不要做出舉手投降的姿勢。」

「旅、旅行者？妳、妳妳妳妳、妳在做什麼啊？」

「沒什麼。只是當我扣下扳機，在法律上會不會有什麼麻煩纏身？順帶一提，我明天早上就會出境。」

剎那間警官嚇得說不出話來。後來才慢慢開口說道：

「……這、這妳是聽誰說的？不，是誰告訴妳的？如果方便的話，可以告訴我嗎？然、然後啊，如果妳願意給、給我時間聯絡總部，我會很感激的。」

聽到這番話，漢密斯開始挖苦他：

「奇諾，這個人是個非常熱衷工作的警官。太棒了，真教人尊敬呢！該特別允許他連升兩級呢。」

奇諾用平常一慣的口吻說：

「其實不是人家告訴我的。是我拷問某人之後，他才招出來的。說假如我明天就要出境，在這裡無論做什麼事都不算犯罪。」

「…………」

「我可以開槍嗎？」

「……那個嘛……不可以！我還有個心愛的妻子，說老實話，我還不想死！」

「是嗎？那我就把這個還你。」

奇諾話一說完，就把說服者放回警官的槍套。

嚇得回過頭的警官，看到抵在自己背後的是奇諾的左手手指，便大大鬆了一口氣。他回了好幾次頭，而且繼續喘著氣。

過沒多久，奇諾開口說道：
「真奇怪的法律呀。」
警官稍微瞪了一下奇諾，接著彬彬有禮地說：
「是啊。老實說，昨天我也想過這條法律應該改。」
「我贊成，否則我們也不曉得自己會幹出什麼事。」
「譬如說超速啦、偷農作物啦、騙錢啦、吃霸王飯等等。」
奇諾跟漢密斯講的好開心，警官再次使勁吐了一口氣。
「你放心，我們明天一定會出境的。而且什麼壞事都不會做。我們也答應你不會把這件事告訴任何人。……倒是我想問你一個問題。」
「……什麼問題？」
「是關於無論對配偶做什麼都不算犯罪的法律。請問有修改這條法的計劃，或任何類似的動向嗎？」
奇諾問道，只聽到警官回答：
「妳問這個做什麼？」
並且還露出一副莫名其妙的表情。

「那項法律應該不需要做變動吧？」

警官肯定地說道，漢密斯又很快地問道：

「可是警察先生，問題是毆打配偶或對他百般虐待喲！」

「我知道。」

「那樣也……無所謂？」

奇諾問道，警官小聲地說「對」。然後用像在告訴小朋友路該怎麼走的語氣緩緩對奇諾說：

「其實那種事沒什麼問題的，畢竟他們是夫妻。」

「……………」「…………」

「無論到哪個國家，夫妻間的爭執是永遠存在的。要讓這些爭執完全消失是不可能的事，而且就算有警察插手也無濟於事。」

「就連虐待也是？」

面對奇諾的質問，警官微微點了點頭。

「是的，即使當某一方一直打贏而導致夫妻吵架演變成所謂的虐待，那也不關警察的事。因為那是夫妻之間的問題。無論是什麼事，旁人是無法插手管人家夫妻的問題，而且也不是其他人管得了的。這就好比干涉內政。」

「干涉內政……」

漢密斯簡短地說。

「人類有權利與義務自行決定自己的生活方式。至於夫妻算是一對命運共同體，必須同心協力過一輩子，無論痛苦或生病的時候都要苦樂與共。一對在同一個屋簷下生活的夫妻，大可不必對對方有所顧忌。因此別說是他人的意見，甚至連法律都不該，不，應該說是不能約束夫妻倆的行為。」

「…………」

「剛剛我也說過，我已經結婚了，所以能了解這種事。兩人結為夫妻後，正因為他們是最親密的伴侶，而且也深愛對方，才會發生吵架這種事。不過那正如同我剛剛提過好幾次的，是兩個人的問題，應該讓他們自己去解決，搞不好他們的感情會因此變得更融洽呢！」

「真的是那樣嗎？」

奇諾相當訝異地問道。警官笑著回答：

「這只要旅行者妳結婚之後，就會馬上了解的。到時候妳就會恍然大悟了。」

「…………」

「原來如此啊。」

漢密斯唸唸有詞地說：

「奇諾，妳覺得如何？要開槍嗎？」

警官一聽全身都僵住了。

「噢？……這個嘛……」

奇諾輕拍著右腿上的『卡農』，再看了一下害怕的警官，然後一臉無趣地說：

「算了……」

隨即聽到警官鬆了口氣的聲音。這時候奇諾也直盯著警官看。

奇諾繼續以銳利的眼神看著渾身僵直的警官問道：

「我正在找賣甜食的店，可以告訴我哪裡找得到嗎？」

「兩人之國」
—Even a Dog Doesn't Eat—

當晚，在奇諾上床就寢許久後。

奇諾白天造訪的那個家裡，男人睡飽後下樓來到飯廳，命令趴在桌上睡覺的太太立刻去做飯給他吃。

太太問他想吃什麼，

「只要是妳煮的菜，什麼都行。反正還不是像給豬吃的那麼難吃。」

男人溫柔地說。

女人在廚房把肉切一切，用平底鍋煎了牛排，然後直接把平底鍋端到飯廳。

她輕輕地對坐在盤子前面的男人說：

「老公我跟你說哦，今天我終於了解一件事了。」

男人一臉無趣地回答：

「了解什麼事，臭沙？」

兩眼哭得紅腫的女人微笑著說：

「那就是世上並沒有上帝跟佛祖。所以根本沒有奇蹟這回事。我明白人類的問題終究要靠自己去解決。所以，也就是說……長久以來我都錯了。我沒有做任何努力，卻一直夢想事情能夠如我所願……總以為有一天會有哪個好心的女巫輕輕一點就實現我的願望……我爸媽也不可能沒做過任何努力，婚姻就能那麼美滿。或許……不，一定是那樣沒錯！」

「哼，妳還是一樣笨到讓人受不了耶！別跟我講這些有的沒有的，快把東西盛上來！然後把酒端來！等一下我要做飯後運動，妳給我待在那裡不要動，臭沙！白癡！垃圾！」

男人說完後，女人仍舊拿著滋滋作響的平底鍋佇立著。

「還不快點！妳又要我揍人嗎？」

男人看也沒看他太太一眼。女人依然若有所思地杵著不動。這下男人不耐煩地大吼：

「喂！」

女人還是杵著不動。

忍無可忍的男人最後踢開椅子站了起來。

不久，一棟屋子的飯廳裡傳出一聲哀嚎。那是一聲又尖又長的慘叫，雖然響遍了那整片區域，卻沒有人去在意。

隔天，也就是奇諾入境後的第三天早晨。

漢密斯一醒來，只見奇諾早就把行李都堆放妥當。

「啊，早安。要出發了嗎？」

聽到漢密斯的詢問，奇諾邊擦著防風眼鏡的鏡片邊說：

「嗯，反正再下去也沒什麼意思……總覺得這國家很誇大不實。」

奇諾騎著漢密斯往西側城門駛去。

途中漢密斯問了她一句「怎麼辦？」奇諾說：

「隨他們去吧，反正那個人再怎麼樣也不會做得太過份的。」

「說的也是。就算他真的怎麼樣，畢竟是在這個國家啊。」

到了城門前，奇諾把漢密斯停住。然後關掉引擎走了下來。正當她要把漢密斯往城門裡推的時候；

「旅行者——！」

奇諾回頭望去，看到昨天那個女人在不遠處的一台車內開心地揮著手。

女人把車開到奇諾她們身邊，停了下來。

她迅速地下車，走到奇諾倆人前面。額頭上的瘀青雖然還很明顯，不過她的表情卻很開朗。

「早安，我是來替妳們送行的。幸好有趕上。」

「謝謝……早安。」

奇諾表情尷尬地向她打招呼。女人繼續面帶笑容，然後輕輕敲打車子。

「老公，快出來跟我一起送旅行者離開啊！快點！」

女人的丈夫慢慢走下車。

男人的頭套著網子，頭部側面則貼著一大塊紗布。脖子上吊著上了石膏的左臂。整副眼鏡框還歪七扭八的。

「出了……什麼事嗎？」

奇諾問道，男人並沒有回答。女人略帶尷尬地笑著說：

「昨晚發生了一點事啦！」

然後又拍了一下丈夫的肩膀。

男人嚇得直打顫，接著便不發一語地杵在原地。站在他背後的女人問道：

「老公，怎麼沒有跟旅行者打招呼呢？」
「喔，好……呃……早、早安……」
男人小聲地說。女人伸手到車內座位掏出一根棒子。那是用來捍派皮麵糰的粗桿麵棍。
女人舉棒朝她丈夫的背部打去。
「唉喲！」
只聽到男人一聲哀嚎，整副身子蜷了起來。女人繼續朝無力抵抗的男人背後打了七下。
「聲音太小了，打招呼時要有精神點！」
「對、對不起！」
男人好不容易擠出這句話。結果女人彎下腰以桿麵棍狠狠往她先生的大腿打了下去。男人痛得倒在地上。結果又撞到左臂，於是再度哀嚎起來。
奇諾還是跟昨天一樣，面無表情地看著這一幕。
女人沒理睬躺在路上的男人，準備要跟奇諾說些話。就在這個時候，
「嗨，旅行者！妳要出境啦？」
從遠處大聲對奇諾說話的，是昨天被嚇出一身冷汗的制服警官。他快步地走到奇諾她們旁邊。
「妳好，我們又見面了。看樣子妳就要出境了，不曉得這幾天是否讓妳感到滿意呢？」

警官笑著問道。奇諾回答「很滿意」，而漢密斯也開心地答道：

「非常滿意，尤其我們還沒有過一大早就有警察尾隨的經驗呢！」

剎那間，警官訝異地瞪大眼睛。然後很尷尬地說：

「糟、糟糕……被妳們發現了。對不起，畢竟這也是我份內的工作……妳們也知道的，我很熱衷工作啊！」

「啊，這蠻好笑的！」

這下漢密斯和警官都笑了起來。

氣氛一片和睦，但是：

「救、救命哪！」

男人突然跳起身來慘叫，並以右手緊緊抓住警官的腳。

「警、警察先生！你來的正好！快、快點救我！這、這個女人對我施加嚴重的暴力！」

警官不耐煩地看著他，然後轉頭看向那個女人。

「是的，他是我丈夫。」

女人說道。

「救、救、救救我！拜託拜託！請保護我吧！否則她會殺了我的！」

「好了好了，先生你冷靜一點好嗎？」

警官冷靜地慢慢撥開男人的手。

女人「咻」的一聲迅速地把臉湊向她先生，然後露出溫柔的笑容說：

「老公你放心，我不會殺了你的。」

「哇！」

男人迅速地把臉別開。

「我會避開致命要害的。你應該也知道我婚前曾當過醫生吧？」

「看，連你太太都這麼說了。先生，你也該振作點嘛！」

聽到警官這番話，男人指著頭部側邊的紗布塊。

「可是昨天……你看這個傷！她昨天突然拿熱騰騰的平底鍋打我耶！後來又趁我痛得倒在地上的時候，抓起椅子拼命往我身上砸，害我左臂的骨頭都裂開了！你看！」

男人亮出他裹著石膏的左臂。

「這是夫妻吵架的痕跡嘛，這不就是男人的勳章嗎？」

警官開心地說道，還比出一個激勵他的姿勢。這時候有位老紳士一臉微笑地帶著看似他伴侶的老婦人從附近走過。

「這哪是……」

男人唸唸有詞。他太太馬上朝他側腹部踢了一腳。

「哎喲！」

男人捧著腰蹲了下來，接著就動彈不得地倒向地上。

女人拚命向警官低頭道歉。

「真是不好意思，警察先生。抱歉給你添麻煩了。」

「不，沒關係啦。本官的職責就是保護大家的安全。無論是什麼小事，我都很樂意幫忙……況且，老實說，我也正因為沒什麼人犯罪而閒閒沒事幹呢。」

警官話一說完，便向她敬禮並眨了一下眼。女人略帶訝異地笑著說：

「這樣啊。」

「救我……拜託，我會沒命的……警察先生……」

腳底傳來微弱的聲音。

警官滿臉無能為力地蹲了下來，對躺在地上呻吟的男人說：

「先生，我知道。可是我們警察也是很忙的。請不要再幻想自己會慘遭殺害，跟你太太好好相處吧。無論發生什麼事，都要兩個人一起解決喲！畢竟你們是夫妻啊！」

語畢警官便站了起來，向奇諾跟漢密斯禮貌性地敬了個禮。

「旅行者，那麼我就此告辭了。對於跟蹤你們這件事，我向妳們道歉。不過很感謝妳們造訪敝國。接下來的事就交給城門的衛兵處理了。對了，那家店的飄浮沙士很好喝吧？」

奇諾輕輕低頭回禮說：

「是啊，也謝謝你幫了我們這麼多忙。」

「謝謝你囉！」

警官說聲「告辭了」，便轉身離去。

直到看不見警官的身影，女人才對奇諾跟漢密斯說：

「旅行者，我想跟妳道謝。所以才來找妳的。」

「道謝？跟我？」

女人瞇起眼睛笑著說：

「是的，妳昨天那時候的決定是正確的。謝謝妳。」

「…………」

「這是兩個人之間的問題，所以只有自己才能解決。我決定不再等待上帝創造奇蹟。為了追求自己的幸福，我下定決心從今以後要坦然地面對人生。對了，旅行者，我想送妳一個小禮物，好當做妳曾造訪我們國家的紀念。我馬上就回來，請妳在這裡等我一下！」

女人朝躺在地上的丈夫蹲下，使勁擰起他的耳朵，並把嘴巴湊近說道：

「老公，我馬上就回來，可不要對旅行者做出什麼失態的行為哦！」

「…………」

「說話啊！」

男人聽到她這麼一吼，整張臉都扭曲了起來。

「……遵、遵命，我知道了。」

「對了，把那個跟錢包給我。以後這些由我來拿，這樣你就不會浪費時間了。可以嗎？」

「……可以。」

就在男人說完話的那一瞬間，女人鬆開了手，男人的頭馬上撞向馬路，還撞出一記低沉的聲響。連眼鏡都給撞掉了。

女人從倒在地上的男人胸口掏出錢包，然後輕快地走進附近一家商店裡。

奇諾一臉木然地看著男人慢慢地從地上爬起來。

男人坐起了身子，頭上包的紗布開始滲血。他抬頭看著奇諾，露出懇求又崇拜的表情。

「旅、旅行者……我、我有一個請求。」

男人微弱地說道。

「什麼請求？」

「能、能不能幫我殺了那傢伙？」

「你說的『傢伙』是指誰？」

奇諾以平淡的口吻問道。男人搖著頭嘶喊：

「就是我太太！妳身為旅行者，無、無、無論幹下任何事，只要馬上出境都不會被追究刑責。

但、但要是被逮到是我告訴妳這件事，我就算有罪……不過我已經不在乎了！所、所以請妳用妳的說服者殺死我太太！至於謝禮，隨便妳要什麼都行！」

「他都這麼說了。怎麼辦，奇諾？」

「我拒絕。」

聽到奇諾的回答，男人似乎都快落淚了，沒多久他果真的哭了出來。

他難過得低著頭嗚咽，並且唸唸有詞地說道：

「……為什麼？為什麼我會遇到這種事……怎麼會這樣呢……我完全不明白。過去我曾對『那傢伙』做過什麼嗎？還是說，太太突然對先生暴力相向是稀鬆平常的事？」

「這個嘛……因為我未婚，所以不瞭解。」

奇諾回道。

男人小聲地說了聲「也對」，然後抽了好幾次鼻涕。

「……過去我努力維持家計，當一個好丈夫。甚至不惜推掉應酬，一下班就馬上回家……設法擠

出時間跟太太聊天，假日都在家裡陪她，我們還擁有相同的嗜好。」

「…………」「…………」

「當然啦，我自己也有很多想做的事情……但在某種程度上也只得犧牲自己，努力維持夫妻之間的圓滿生活。所以……我以為我太太一定過得很開心……可是，怎麼會變成這樣呢……我想她從昨天起就出了什麼問題。我是不是該硬把她帶去看醫生呢？天哪……」

「到目前為止你都沒做出惹火你太太的事？」

奇諾問道。

「我不知道……我想不起來……」

「譬如說不知不覺出手打她什麼的？」

聽到漢密斯的質問，男人稍微抬起頭來，有點不耐煩地說：

「這個……雖然我曾因為我太太老是不認錯，實在看不下去才出手打她。但看在她是女人的份上，我出手都還會手下留情。可是卻——」

此時男人的上半身突然撲向地面。

「哇！」

他的眼鏡飛了出去。臉還被地面擦傷。女人買完東西回來後，狠狠地往他右臂踹了下去。

女人也沒再理會他丈夫，逕行將一個小紙袋遞給奇諾。

「這給妳，就當是妳來這國家的紀念。打開看看吧！」

奇諾打開看裡面的東西。在附有鐵圈的薄鐵板上，有兩隻長得像鴨子的水鳥。而且是如影隨形的模樣。她還拿給漢密斯看。

「這是護身符，我怕送的禮物太大會妨礙妳旅行。」

「謝謝妳，這是保佑什麼用的呢？」

奇諾問道，女人笑著回答：

「是保佑婚姻生活美滿。這種鳥叫做『鴛鴦』，終生都跟固定的伴侶廝守。從古至今都用『鴛鴦』來稱讚感情如膠似漆的夫妻。希望有朝一日，妳也能遇到和妳非常匹配的伴侶。」

「……。謝謝妳。」

奇諾面露難以形容的表情向她致謝，然後就繼續推著漢密斯走進城門裡。她回頭望了一眼，看到那女人又拼命揍了那男人好幾下。

「嘿——請看這個！」

崗哨的衛兵開心地讓奇諾透過窗口看看電腦螢幕。上面有好幾名男性的大頭照，下方則列出他們每個人的私人小檔案。

「這是什麼？」

奇諾問道。

「問得好！這是我國獨自開發且具有歷史性的配對審查系統，我們叫它『完美配對測驗』。我已經用它幫奇諾妳計算出適合妳的結婚對象了，這就是這些男士的名單！」

「什麼？」

「給我看！給我看！」

漢密斯湊熱鬧地大喊，衛兵還稍微調整角度好讓漢密斯也能看到。

「還記得妳入境時填了很問題嗎？那些問答讓我從各種角度了解了奇諾的性格。然後從我國人民裡挑選出跟妳的價值觀、生活思想、屬性、感覺等等非常速配的未婚男性！」

「這麼做要幹什麼？」

衛兵笑了一下。

「如果妳現在願意跟這些人見個面，我國將特別允許妳再停留一個月。如果妳跟其中的人成了婚，就能夠無條件獲得我國的市民權。」

「…………」「那很讚耶！」

奇諾沉默不語，漢密斯則開心地說道。

「很讚吧？不過奇諾妳運氣真好，真的是剛好碰上特別宣傳期，才能有這麼大的優惠喲！怎麼樣？我覺得妳再也碰不到這麼好的機會了。像妳這樣到處旅行，應該是很少有機會認識條件優秀的異性吧？」

「對對對，你說的沒錯。尤其奇諾偶爾還會殺人，把對方嚇得逃之夭夭。我看得都替她捏把冷汗呢！」

漢密斯真的是樂在其中。而衛兵繼續像連珠砲似的說：

「妳覺得如何，奇諾？就我們的資料顯示，有百分之六十七的未婚男性認為『結婚能為人生帶來幸福』，有百分之八十二的未婚女性也這麼認為。可是，對於『以被動的方式認識對象』，贊同的男性有百分之四十三，女性竟然只有百分之二十九。就當做是重新替妳的人生做考量吧，要不要試試

看呢？而且我們手上還有好幾千名男性的資料，每週都會收到從裡面網羅的五十名左右男性的檔案。甚至每週舉辦兩場讓男女雙方有機會認識的單身派對。而且該組織屬國營事業，所以都能在迎賓館舉行呢！屆時不僅有國家交響樂團的現場演奏，偶爾首相還會到場致詞以示勉勵喲！」

「…………」

「怎麼樣？有學者指出人類是需要相互扶持的動物，也有詩人表示『結婚是人類最小的群體，也是最終的形態』呢。甚至還有人認為『結婚能讓哀傷減半，喜悅倍增』。」

「…………」

「沒結過婚就對人生高談闊論，妳不覺得這是人類的一大錯誤嗎？結婚才是人生的最終目標，而人生也是從那時候才真正開始。過去的生活不過是初步準備，就跟戲劇的排練一樣。」

「…………」

「雖然妳還很年輕，但如果仗著自己年輕而過度悠哉，不一會兒就嫁不出去了喲！來，請馬上簽這份契約，在我國找到和妳最速配的另一半吧！」

以手指抵著頭的奇諾突然抬頭，然後唸唸有詞地威脅道：

「你知道嗎？無論我在這裡做什麼，都不構成犯罪喲！」

「祝妳一路順風！」

衛兵裝出一副爽朗的笑容並神采奕奕地說道。但崗哨的門也在那一瞬間關了起來。

「…………」

奇諾搖了好幾次頭，然後跨上漢密斯並發動引擎，並戴上了防風眼鏡。

「我們走吧，漢密斯。」

「妳真的不打算結婚嗎？」

漢密斯開玩笑地向奇諾問道，她則回答：

「我覺得旅行比較安全。」

「我想也是。」

臨行前，奇諾望著聳立的城牆悄聲說道：

「祝你們幸福。」

# 第四話
# 「傳統」
—*Tricksters*—

# 第四話「傳統」

—Tricksters—

奇諾她們這次造訪的是一個小國。

它位於深邃的森林層層覆蓋的山腳下，市街以樸素的城堡為中心向外擴展，爬滿藤蔓的城牆似乎只要在午後散步一圈就能走完。

奇諾敲敲城門，向崗哨裡的衛兵申請入境。

身穿傳統禮服、頭戴鋼盔的衛兵，得知奇諾她們是第一次造訪這個國家，露出了喜出望外的表情。

衛兵一打電話向城內通報。城牆內隨即響起一陣鐘聲。

「這鐘聲向全國上下告知難得有客人造訪，要大家準備歡迎妳。」

衛兵面帶笑容地說道。

不久城門打開了，奇諾推著漢密斯走進去。一走進門內，果真有一大群居民出來迎接。

「…………」「…………」

此時奇諾跟漢密斯都沉默不語。

原來居民的頭上都戴著一對「假耳朵」，頭髮上左右各一只。那美麗的三角形物體跟貓耳朵一模一樣。

「歡迎你們，旅行者與摩托車！歡迎你們來到我國！」

一名看似領導人的壯年男子如此說道，並代表大家向奇諾握手。笑容滿面的他，在梳理得硬梆梆的髮型上也裝著一對焦黃色的「貓耳朵」。

做完自我介紹後，奇諾跟漢密斯在那名自稱是國家元首的焦黃貓耳男帶領下，來到了以城堡充當的辦公室。

頭戴紫色貓耳朵的女秘書把茶端來後轉身離去，男人便開始簡單地敘述這個國家的故事。

這裡的城堡與街道是很久很久以前建造的，原本是某皇室的避暑地。縱使那皇室後來在某處絕滅了，居民則繼續維持這裡的繁榮。

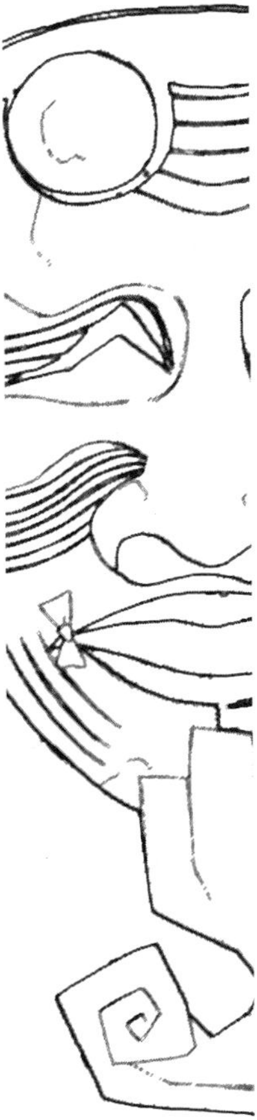

這裡人口雖然稀少，但生活卻很安定。而且——居民都恪守自古流傳下來的傳統，也就是在頭上戴貓耳朵。

「戴上它能讓人的可愛性格散發出來。無論一個人多麼憤怒，只要搖搖它就會不可思議的轉怒為喜。這是以前的人為了圓融人際關係而想出來的手段，是個非常了不起的傳統。」

男人搖著耳朵激動地說道。除了要換髮型、或配合年齡增長而更換等少數的例外狀況外，居民隨時都會戴著貓耳朵。

房間的牆上掛著一幅看似古老的油畫，畫中的裸女也戴著貓耳朵優雅地微笑著。

男人問：

「奇諾小姐難得蒞臨我國，要不要也入境隨俗地試試我國的傳統？」

「請問要怎麼試？」

聽奇諾這麼一問，男人隨即從桌下拿出一只約字典大小的箱子，並打開給奇諾看。裡面放著一對絲質的黑色貓耳朵。

「這對貓耳朵就借給奇諾小姐吧。畢竟這裡的人都有戴，只有妳沒戴的話，想必會不太方便。妳停留的這段期間就戴著吧？而且顏色又跟奇諾小姐的髮色相同。戴起來一定會很好看喲！當然啦，我是不會強迫妳戴的……」

「就算現在才戴也好，妳真應該要戴上那對貓耳朵的。我看昨天那個人很失望耶！」

漢密斯說道。

入境第二天的下午時分，奇諾推著漢密斯在狹窄的街道悠閒地參觀著。行李則留在免費分配到的房間裡。基本上她還是把那男人借她的貓耳朵帶在身上。

路上的孩子們一看到奇諾就揮手打招呼。他們的頭上全都戴著各種顏色的貓耳朵，當他們一搖頭就晃動得好可愛。

「旅行者～妳不戴上貓耳朵嗎～？」

他們天真地向奇諾問道。

在免費招待她用餐與喝茶的店家裡，頭戴寬大貓耳朵且身材魁梧的老闆娘則語帶遺憾地對她說：

「哎呀～妳長得好清秀耶，要是戴上貓耳朵，鐵定更漂亮的說……」

她在參觀城堡的時候，則是被小孩子指指點點的。

「媽媽，那個人沒有戴貓耳朵耶！好奇怪哦——」

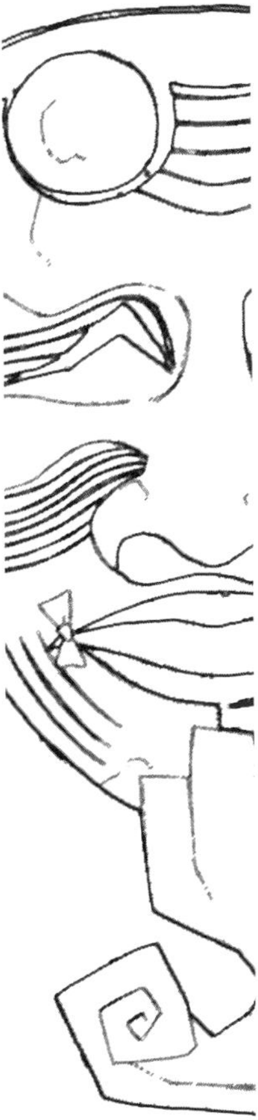

那孩子還問母親「那個人是旅行者嗎？」結果那孩子還被母親輕聲斥責道：「她出生的國家跟我們不同，所以跟我們有些不一樣。她不戴貓耳朵也沒關係啦！」

路上跑來跟她聊天的五十多歲婦人則說：「旅行者要是戴上貓耳朵的話，異性緣一定馬上變得更好。」

「不管貓耳朵戴起來好不好看，都會改變一個人的魅力喲！像我年輕的時候，為了讓自己戴起來更好看，就每天照鏡子研究該怎麼戴它呢！」

然後還問奇諾需不需要偷偷告訴她這個秘密。

當天晚上。

城內舉行了一場歡迎旅行者的慶典。當地居民表演了傳統的貓耳舞。人們圍成一個圈圈，手彎得像貓一樣，隨著輕快的音樂起舞。

他們見奇諾看得很開心，便邀請她戴上貓耳朵加入舞蹈行列。

「大家都說我沒有舞蹈細胞，很怕會踩到各位的腳呢。」

奇諾彬彬有禮地婉拒了他們的邀請，接著又說：

「不過這舞蹈真的很精彩，謝謝各位這麼賣力演出，我很慶幸能來到這裡。」

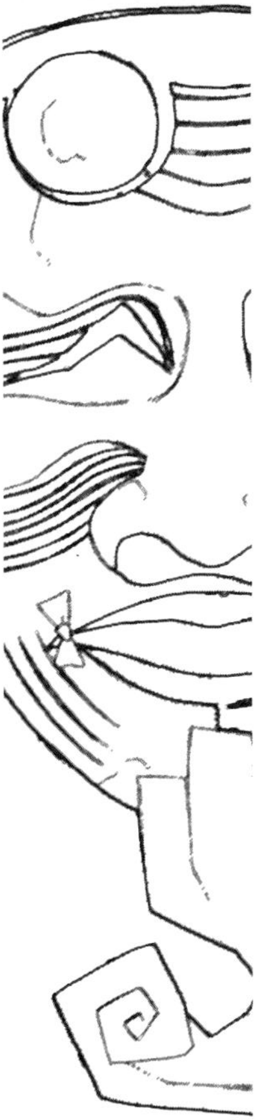



隔天早上。

奇諾在眾多戴著貓耳朵的居民目送下踏上旅程。

在旅行者的身影遠去後，身為元首的男人略帶遺憾地脫下了頭上的焦黃色貓耳朵。開始解散的居民們也紛紛拿下各自的貓耳朵。

隨侍在男人身邊的女秘書上前來接下貓耳朵，接著也拿下了自己頭上的貓耳朵，一起扔進一只寫有「回收箱」的網籃裡。

女秘書對一臉遺憾的男人說：

「沒辦法，她終究沒有上當。」

「想不到會失敗……快點敲響解除警戒的鐘吧！」

「我已經吩咐下去了。」

「如此一來是五百四十九勝二百三十三敗呢。在我的任期內是三勝八敗啊……看來這幾年來旅行者們大都不願入境隨俗了。」

「一點也沒錯。」

「算了，那麼接下來要想什麼點子呢？要快點決定，並做好準備跟練習才行。況且連畫都得重畫呢——」

摩托車在森林裡的道路奔馳。

「竟然要我們戴貓耳朵……不過他們倒是挺可愛的。我可是好幾次都強忍住才沒笑出來呢，而且那場舞蹈也真精彩。」

奇諾開心地笑著說。

「其實妳也可以戴戴貓耳朵試試的呀，一定很好看喲！」

「不必了，配合對方的謊言完全不符合我的作風。」

漢密斯聽了，用正經八百的口吻說道：

「奇諾，妳就不能做些違背自己個性的行為來取悅別人嗎？」

「你講這話是什麼意思……？不過他們的點子還真豐富呢。光是我聽說到的就有……背龜殼、在屁股裝獅尾、學鳥兒走路、用激烈舞蹈打招呼、用猛然大哭打招呼、邊唱歌邊用餐……還有什麼來著？」

「在頭上插鳥羽毛、總是以單腳跳躍並右腳先踏進屋內、用餐時只用左手並用右手指著天空、化白眼圈的妝、打招呼都要舉起大姆指說『Yeah！』」

「沒錯，幸好我在路上有先從其他旅行者的口中得知這些事。說那個國家會設計人，讓人受騙上當，藉此取樂呢。」

此時漢密斯訝異地對開心的奇諾說：

「真是的……這不是五十步笑百步嗎？」

「——話說回來，半年前來訪的那個旅行者還真不錯呢。」

元首在辦公室裡突然唸唸有詞地說道。

「噢？對呀，記得當時的花招是『頭頂蘋果過生活』吧。記得他很快就入境隨俗，甚至還陪我們跳了蘋果舞呢。」

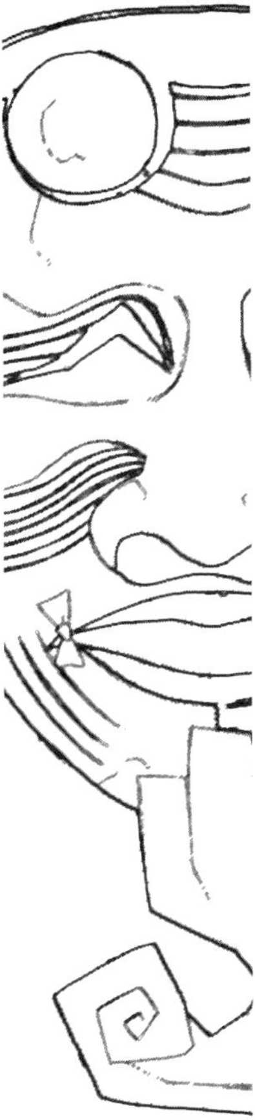

祕書回答道，男人望著天花板感慨萬千地說道：

「還沒遇過像他那麼熱心又誠懇的人呢？還聽他直說『有傳統真好』，想必是個家教良好的人吧……真希望能多些像他那樣的人來造訪我們國家。」

祕書回想起當時的情景，臉上露出了微笑。

接著她說：

「我記得那個人身穿綠色毛衣，駕著一台越野車，對吧？」

第五話
「可以不工作之國」
—Workable—

# 第五話「可以不工作之國」

—Workable—

「好美的國家哦。」

穿過城門看到眼前的景色時，旅行者如此說道。

這名旅行者年約十五歲左右，有著一頭黑色短髮，身穿棕色長大衣。

「是啊，好久沒到如此現代化又整潔的國家了。也難怪連入境審查都是全自動化的。」

旅行者推著的摩托車回答道。這輛摩托車的後輪兩側及上頭都堆滿行李。

呈現在旅行者與摩托車眼前的，是一片建設完善的街道。幾條道路整齊又寬敞，到處都設有綠意盎然的公園，還有就是井然有序地建在這國家的中心，外型與規劃都十分美麗的建築物。

它們在夕陽餘暉映照下的雄姿饒富機能美，看起來彷彿一幅壯麗的圖畫。

「奇諾，接下來要怎麼辦？」

摩托車問道，只聽到名叫奇諾的旅行者回答：

「今天先找個地方投宿，明天再出來散散心吧。」

「瞭──解！」

摩托車答道。這時有輛車停向他們面前。這是一輛有載貨車廂的車子，車上並沒有人駕駛。

配備在車上的機器人說：「請上車，我會帶妳們到目的地的」。

奇諾向它詢問費用，但答案是無需付費。

「怎麼辦，漢密斯？要上車嗎？」

名叫漢密斯的摩托車回答：

「有什麼關係？總比我們自己找飯店要快得多吧？」

「好吧！」

正當奇諾準備把漢密斯推上載貨車廂時，車上自動伸出機械手臂，輕輕鬆鬆地就把漢密斯給吊了上去。而且馬上伸出皮帶與擋輪器將它給固定住。

「設備還不錯嘛！」

漢密斯讚嘆道。

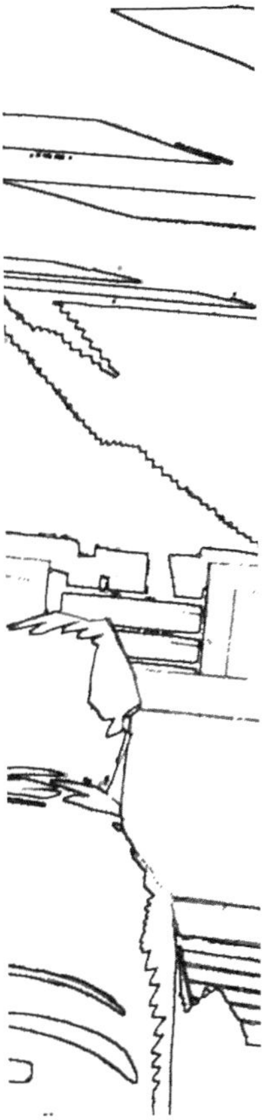

奇諾坐進車裡，果然安全帶也自動為她繫上，接著車子就開動了。

車子在寬敞的道路上與其他車輛保持一定的間隔行駛。這時奇諾在公園看到嬉戲完的孩子們正在搭乘車子。

車子繼續往櫛比鱗次的大樓群中駛去。

最後她們來到一棟美麗豪華的飯店。一台機器人走出大門迎接她們，並表示這裡完全不收取住宿費用。

接著奇諾跟漢密斯搭上一台小型車，被載往一間氣派的房間。

機器人服務生招呼完她們之後，就步出了房間。

「這國家真輕鬆呀！」

奇諾把大衣掛在椅子上時說道。大衣下穿的是一件黑色夾克。

她右腿上掛著一把大型說服者。腰後還有一把自動手槍。

「大家完全不用工作耶！」

漢密斯說道。奇諾邊卸下行李邊說：

「從很久以前開始，旅行者之間就傳說這國家開發出機器人，所以幾乎完全用不到人力。因此這裡的居民完全不用工作。」

「這樣啊，那這國家的人每天都做些什麼啊？難不成是唱歌跳舞？」

「不曉得。」面對漢密斯的質問，奇諾歪著腦袋回答：

「這裡好像跟以前那個『瞭解人類痛苦之國』又不太一樣，應該也在流行些什麼吧？總之明天就出去瞧瞧吧，真令人期待呢！」

「看了之後要是覺得滿意，妳會打算移民來這裡嗎？」

漢密斯問道。

隔天，奇諾在黎明時分醒來。

她一如往常地做做運動，並進行了說服者的操作練習與維修。沖完澡之後，她吃了早餐，接著比平常還早一點就把漢密斯給叫醒。漢密斯直埋怨她這麼早就把它給挖起來幹嘛。

當奇諾在飯店前準備發動漢密斯的引擎時，無人車又駛了過來。

「真的是什麼都不用做耶！可是像這樣太過輕鬆，引擎會變得不靈光的！」

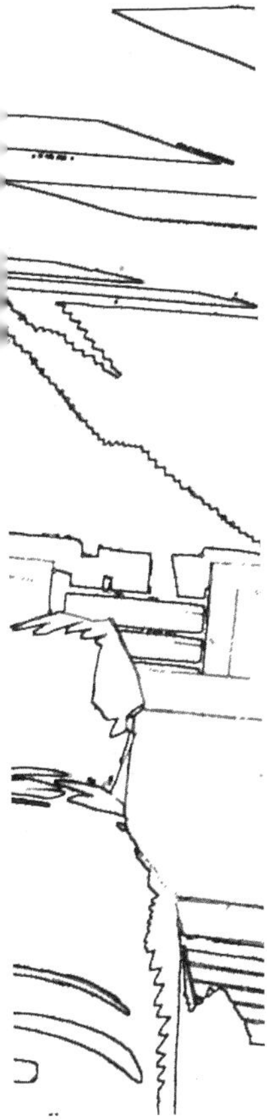

聽不出漢密斯這番話是感嘆還是牢騷。

奇諾對詢問她們準備上哪兒的車子表示想去看看人潮聚集的地方。車子卻表示她的要求不夠明確。

奇諾想了一下又說：

「這國家大多數的人在早上會去什麼地方？請載我們去。」

車子說「了解，那就去中央區的辦公大樓區吧」，說完便駛了起來。

車子行駛在大馬路上。越是接近美麗的高樓大廈，馬路上的車輛就越多。仔細一看，上面坐的都是穿西裝打領帶的成年男女。所有人的表情都不太開心。

不久車子在一個大樓林立的區域停了下來，奇諾跟漢密斯便下了車。也有許多人在附近下車，然後快步走進大樓裡。空蕩蕩的車子駛去後，緊接著又有其他車輛載送人們過來。

「……………」

奇諾看了這幅景象好一會兒，然後向漢密斯問道：

「有什麼感覺？」

「這些人應該是去上班吧。這種普通的通勤景象在每個國家都看得到呀。」

漢密斯直截了當地回答道。

「果然連你都這麼認為……」

奇諾訝異地說道。

「可是，這個國家的居民不是不必工作嗎？」

「話是沒錯啦，可是……」

奇諾環顧了一下周遭，然後詢問一個正好在附近下車的中年男子。只聽到他很不客氣地說：

「我在趕時間！」

隨後就消失在大樓裡。

「性子真急耶！」

漢密斯如此說道。打算進去大樓裡找其他人問話。入口處的機器人卻彬彬有禮地告訴她非相關人員禁止入內。

後來「上班」的人群悉數消失。

辦公大樓區的街道上，只剩下奇諾跟漢密斯孤伶伶地佇立著。

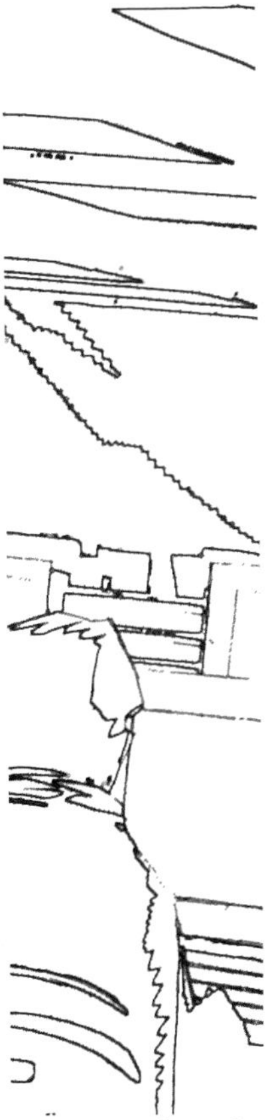

「怎麼辦？」

漢密斯問道。

奇諾稍微想了一下，當她準備開口說話時，一輛車在她們附近停了下來。車門一開，只見一個年輕男人慌慌張張地衝了出來。

男人想進大樓卻不得其門而入。接著就看到他失望地嘆了口氣，步履蹣跚地開始在人行道上走了起來。

「太好了，就去問他吧！」

奇諾說道。

「原來如此，妳是來旅行的啊？」

年輕男人無精打采地說道。他一身西裝領帶的打扮，看來年約二十出頭。

奇諾、漢密斯、還有那男人走到一座位於辦公大樓區一角的公園，在噴水池前的長板凳上坐了下來，四周沒有半個人影。剛剛奇諾叫住他的時候，男人提議找個安靜的地方聊聊，於是便帶她們走了一小段路來到這裡。

男人叫住在附近巡迴的機器人，點了些飲料。他說「這是用來代替現金的」，說完就拿卡片往機

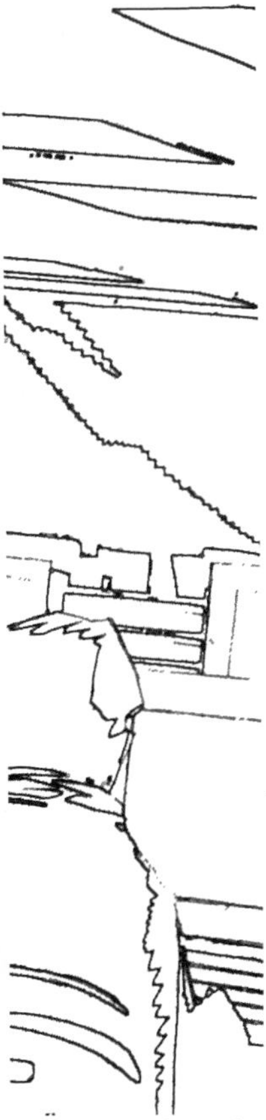



器人身上刷過去。沒多久裝著茶的紙杯就被送了過來。至於奇諾的飲料則是免費的。

「妳剛才問我們在大樓裡做些什麼對吧？」

男人喝了半杯茶之後問道。

「是的。」

「我們每天都在〈工作〉呀。」

男人說道。

「工作？」

「是的，只是我今天睡過頭遲到了，所以進不了公司。我怎麼會出這種差錯呢？真是太粗心了……

……」

說了這些後，男人又改用開朗的語氣說：

「不過現在說這些都沒用了，以後絕對不能再重蹈覆轍！」

「可是，這國家不是所有事都有機器人代勞，所以人類可以不用工作嗎？」

漢密斯問道，男人簡單地說了聲「沒錯」，接著又繼續說：

「雖然我們可以不用勞動，但是非〈工作〉不可！」

「？」「？」

看到奇諾一臉訝異的表情，男人又說道：

「啊，對喔——我所謂的〈工作〉，和旅行者及摩托車先生的定義可能不一樣吧？」

奇諾問：

「換句話說，你所謂的〈工作〉並不是為人們勞動或做什麼事……或是製造東西、販賣東西及服務大眾囉？」

「沒錯。旅行者妳現在說的，就這國家而言已經是古老的定義。我們不需要從事那種勞動，一切都由機器人代勞。不過畫家啦、音樂家啦，這些有特殊才能的部份人士倒是另當別論。大部份的人，也就是像我這樣的上班族，就可以不用做那些事。」

奇諾點點頭說：

「原來如此，到這裡為止我已經瞭解了。那麼，你跟其他人每天從事的〈工作〉又是什麼呢？而且為什麼要做呢？」

男人邊聽她的問題邊輕輕點了好幾次頭。然後回答道：

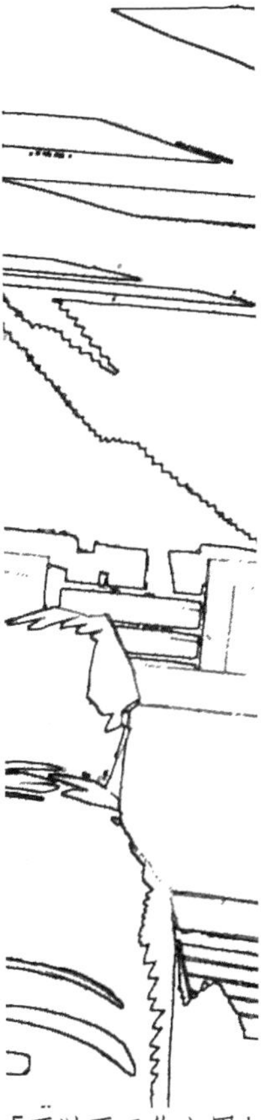



「第一個理由就是為了賺錢。這道理跟以前的工作是一樣的。這個國家對人民提供了最低限度的生活保障，一個人就算身無分文，也還是能生活下去。我們住在政府所有的房子裡，服裝也是由國家所配給，政府甚至負責提供維持基本生活所需的食物。可是，沒有人希望過那種坐牢般的生活。如果有更多的錢，就能住好一點的地方，買好一點的東西，以及享受美食。只要多做一些〈工作〉就有多一點的錢進帳。因此為了生活，我們必須賺錢。」

「嗯！嗯！」「原來如此。」

「至於我們都做些什麼……」

「是的？」

「那就是承受壓力。」

「什麼？」

奇諾問道。

「我們要承受壓力。譬如說肉體方面，但最主要還是精神層面。我們要接受非常不舒服的刺激。

那就是這國家所定義的〈工作〉。」

男人一把空紙杯放在長板凳旁，掃除機馬上就過來取走。男人繼續說：

「若要問我們實際上都做些什麼，就以我的〈工作〉經驗為例吧。這國家絕大多數的人都是上班族，所以妳大可相信其他人也大致和我一樣。——首先，我要穿著整齊，照規定的時間上班。早上一進公司就是開早會，聽取老闆長篇大論的致詞。這些致詞並沒有什麼內容，因此立正聽講更是辛苦。雖然講的人可能也很辛苦啦。之後，我要被上司痛罵一頓。挨罵的原因則是每天以機器隨機選擇；像昨天挨罵的理由就是週末天氣太好。之後又發生了各式各樣的事……譬如說修改寫錯的文件、不斷地重覆毫無意義的計算、拼命拜託以拒絕他人為〈工作〉的人找理由拒絕我們、與從性格判斷出和自己不合的同事，互相批評對方領帶的品味、拼命對扮演顧客的人的投訴低頭致歉等等。」

「…………」「…………」

「還有就是去倉庫拿不必要的物品，倉管會故意讓你等上好幾個小時。拿東西去堆放也是要等上好幾個小時。然後再回辦公室讓前輩罵『動作怎麼這麼慢！你這個笨蛋！慢郎中！』。故意繞遠路做毫無意義的家庭訪問。在限乘十人的公車裡硬擠進二十人，體會擠得像沙丁魚的難過感覺。跟上司從事自己不擅長又討厭的運動，再讓上司取笑再也找不到比你更笨的人了。女職員的話就是在沒有觸犯法律的範圍內遭到性騷擾。沒完沒了地倒茶。整天泡咖啡。總之各式各樣的情況都有。——然

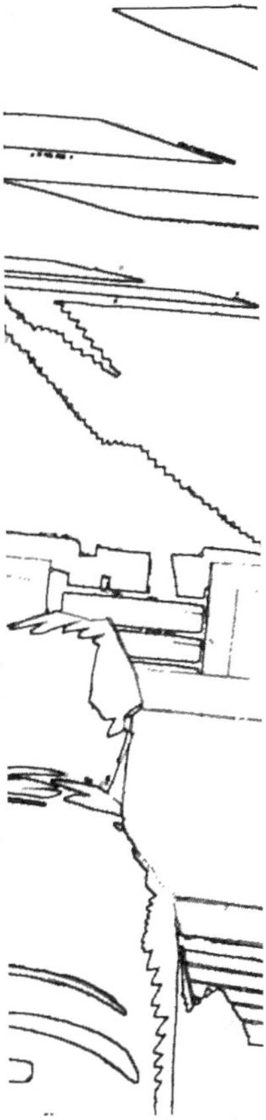



後，根據〈工作〉內容而不同的壓力程度，拿到的薪水也不同。只要是經過登記的正式職員，平日從早到晚規矩〈工作〉的人跟只有上半天班的兼職人員比起來，〈工作〉辛苦的程度跟薪水都不一樣。當然，就算是同樣的職務，個人的年齡跟經驗也都會列入考量喲！有經驗的人就會分配到比一般人更具壓力的重要〈工作〉。像我還是新進的菜鳥，分配的都不是什麼大不了的〈工作〉。真希望能早日多賺點錢！」

奇諾向男人問道：

「請問這個〈工作〉制度是從什麼時候開始的？」

「從什麼時候開始？……這制度從我出生前很久就已經有了，所以我也不太清楚。」

「有人因為〈工作〉而壞了身子嗎？」

「那當然有。不管怎麼說，我們就是得承受壓力。壓力一旦累積，就無法排解。因此不是突然因胃潰瘍就醫、就是頭髮全部掉光光、晚上完全睡不著、皮膚變得粗糙不堪、暴飲暴食無法節制、看到平常看不見的幻影、殺人、自殺等等。不過大部份的人都沒有問題喲！只要善用閒暇時間就能紓解壓力了。例如在平常的日子裡，我們會在〈工作〉結束後跟伙伴喝喝小酒。其實大家都能安然度過每一天的。」

「話說回來，為什麼得為了賺錢承受壓力呢？」

漢密斯問道。

男人聳聳肩說：

「這個嘛，也不曉得是誰發明的。」

接著又說：

「不過我覺得這個主意挺不錯的。」

「是嗎？」

「嗯，人總不能光是享受人生。要是每天沒有經歷某種程度的痛苦，就會因過度懶散而變得一無是處。人生總得做某些事情，人才不會變得吊兒郎當的。雖然在很久很久以前，大家得為了每天的溫飽而勞動，不過現在已經能做這種〈工作〉了。我總覺得自己能體會當時的人創造這套體制的苦心。要是諸事都有機器人代勞，只會害大家一輩子好逸惡勞，國家總有一天會滅亡的。而這種制度每天都能激起國民的幹勁，只要努力就有錢賺，真可說是個一石二鳥之計呢！」

「你滿意目前這國家的生活嗎？不覺得這種『工作』辛苦嗎？」

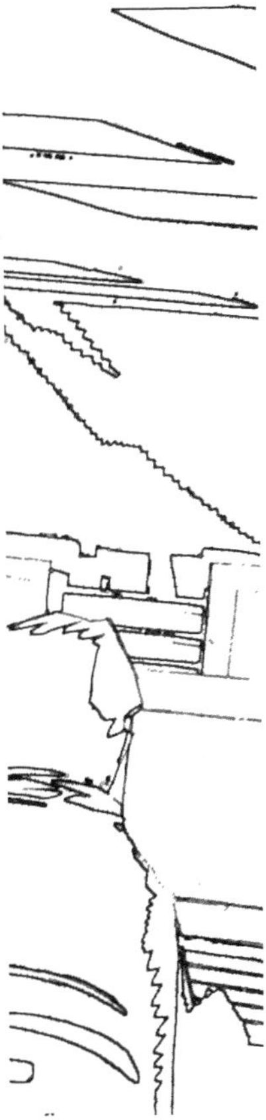



奇諾問道。

「嗯，我很滿意。有時候是會覺得〈工作〉很辛苦，不過這應該就是每個人對社會應負的責任吧？能夠每天像這樣承受壓力並完成社會人的使命，是一件很美好的事。我直到去年成年以前，一直是個慵懶的傻瓜，曾經擔心『天哪，明年開始我就要每天〈工作〉了……每天早上都得穿西裝打領帶上班……』，對〈工作〉十分抗拒。不過現在每天努力不懈，要說是緊張感嗎？毋寧說是令人渾身舒暢的幹勁吧。直到我成了社會人，才頭一次有被社會認同的感覺喲！對了，我永遠也忘不了頭一次領薪水的時候，我爸媽笑得有多開心呢。我爸爸甚至還對我說：『這下子你已經是真正的大人了，養你這麼大果然值得』。當時聽了這句話，我也覺得很開心呢……」

「嗯！嗯！」

漢密斯應和道。

「我有一句座右銘，那就是『〈工作〉並不比玩樂累人。〈工作〉結束後的夕陽要比玩樂結束後的夕陽更令人神清氣爽』——比起玩物喪志的夕陽，我希望人生中能多些〈工作〉結束後的夕陽。

比起天天玩得疲勞困頓，我還寧願感受每天〈工作〉令人愉悅的疲憊，這樣才會懂得好好享受寶貴的閒暇時間。然後隨著年紀漸增，開始擁有自己的家庭。接下來就不光是為了自己，同時也為了心愛的家人全力以赴地〈工作〉。看到家人笑容滿面地迎接你回家，一整天的辛勞也會跟著煙消雲散。接著要做的就是好好工作到退休。在退休之前，要盡可能努力往上爬。至少要當上部長，如果可以的話，就當個經理，就夢想而言當然最好是當上社長。那是我這輩子的夢想，不過那也要看個人努力的程度。這個國家的好處，就是只要有心努力就能實現夢想。因為它能賦予每一個國民生存的意義與目標。」

男人抬頭仰望藍天，面帶爽朗的笑容說道。接著又轉頭面向奇諾說：

「如果旅行者考慮移民的話，這個國家是很不錯的選擇喲！我絕對大力推薦。在這裡大家都有〈工作〉，一個中產階級只要努力，保證就能過更好的生活。而且這裡也隨時歡迎外人移民呢！——這樣的答覆妳滿意嗎？」

「滿意，非常謝謝你。」

奇諾笑著說道。

「還有什麼想問的問題嗎？」

奇諾想了一下，

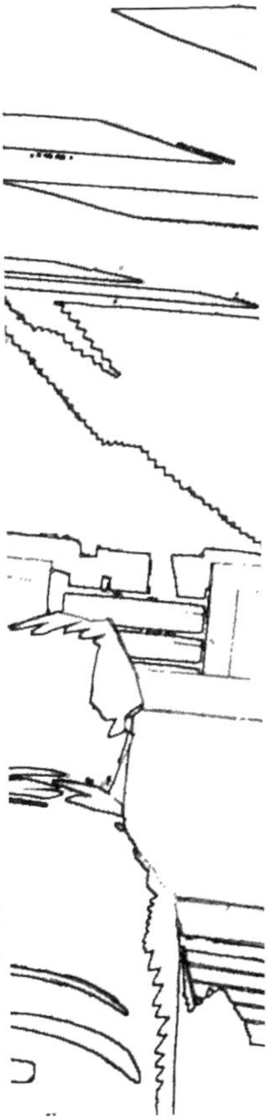



「只有一個問題，不過這件事跟〈工作〉沒有關係。昨天住宿的時候，我在飯店的食宿費用都免費。我猜這些是國家幫我支付的。那如果我要添購旅行必要的用品，那些費用該如何支付呢？」

「這個嘛——該怎麼支付呢……我記得基於招待訪客，如果只停留幾天的話，好像幾乎都不需要付費。只是待太久的話，可能就有問題了。加上旅行者又沒有卡，要在這國家以物易物也很困難。妳不妨去詢問店家的機器人，應該會得到更詳盡的答案。」

「原來如此，謝謝你。因為我得添購很多必需品。」

「這樣啊。好了，我也差不多該回去了。明天起還得好好努力呢，今天就先回去看本自我成長的書吧！對了，如果妳想購物，最好到中央區的購物中心看看。那裡不僅物品齊全，搭車也是一下子就能到。那麼，我就先告辭了。」

奇諾再次向他道了個謝，男人便轉身離去。

奇諾依舊坐在長板凳上，又要了一杯茶。她一邊欣賞高聳的大樓跟沒有半個人影的公園景色，一面悠閒地啜飲著茶。

「奇諾，接下來要去哪兒？還要參觀這個國家嗎？」

漢密斯問道。奇諾目不轉睛地望著前方回答：

「漢密斯，我……聽到了很棒的事情。」

「啊？」

「剛剛那個人讓我聽到了一件很棒的事情，還真是個寶貴的意見呢。總覺得終於知道自己往後該做些什麼了……」

看到奇諾的表情跟語氣都這麼認真，漢密斯驚訝地問道：

「啊？天哪，這是怎麼回事？……奇諾妳該不會想跟我說『妳很喜歡這個國家，決定在這裡落腳』吧？」

奇諾看著漢密斯，一副理所當然的說：

「不會啦！」

接著又說：

「我們該去〈購物〉了。」

「啊？」

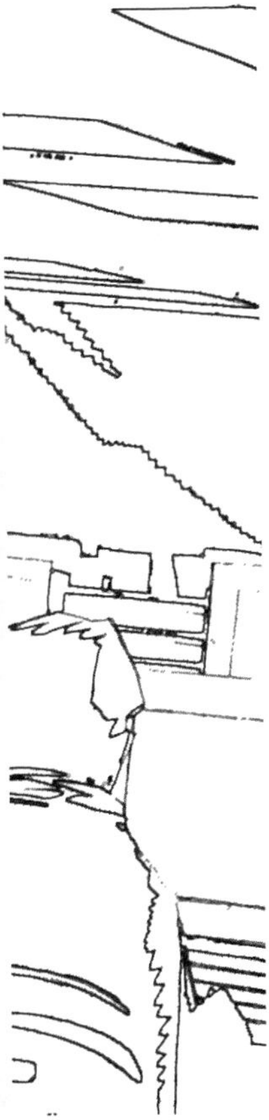



「反正東西全都免費不是嗎？買些子彈啦、糧食啦、燃料啦、衣服啦……我還想買些能在其他國家以物易物的東西。這可是個千載難逢的機會呢！我們就好好利用今明兩天，能買多少就買多少，然後再出境吧！」

「…………」

奇諾站了起來。彬彬有禮地把空紙杯交給了掃除機。

「走吧，漢密斯。人該及時行樂。現在就是該行樂的時候。」

回來時奇諾精神奕奕地說道。

「有其師必有其徒……」

漢密斯感慨地嘀咕道。

「嗯？你說什麼？」

奇諾邊推著漢密斯邊問。漢密斯只是以尋常的口吻回答：

「沒什麼！」

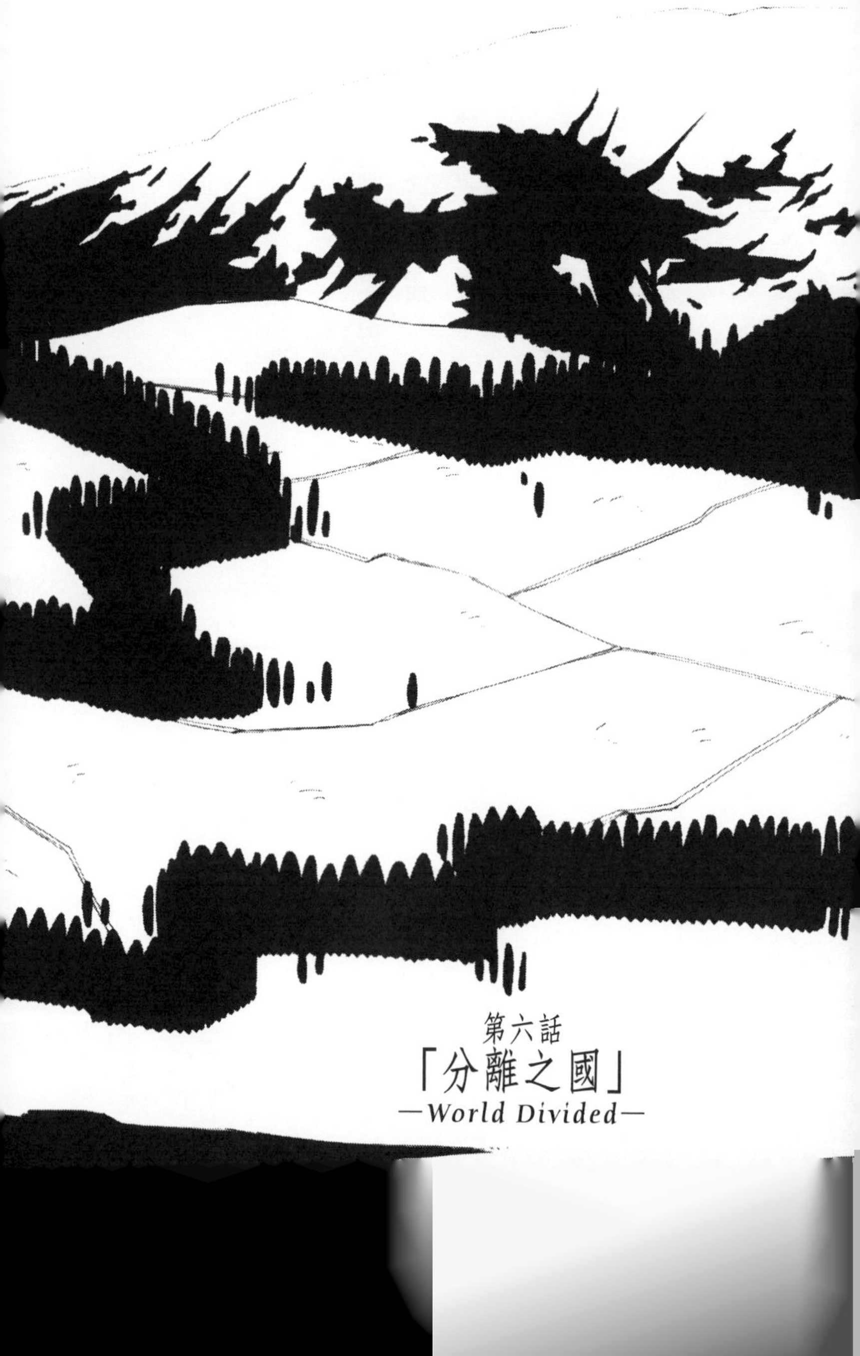

第六話
# 「分離之國」
—World Divided—

# 第六話「分離之國」

## —World Divided—

這裡的路分成兩條。

一條是上坡，通往北方森林高地。

一條則往南而下，延伸到遠處依稀可見的藍色大海。

「好了奇諾，妳打算走哪一條？」

此時停下來的摩托車說話了。摩托車的兩側後輪跟上面都堆滿了行李。

「這個嘛……」

站在它旁邊唸唸有詞的是一個叫奇諾的人。她年約十五歲，有著一頭黑色短髮跟精悍的臉孔，脖子上掛著防風眼鏡，手上拿著棕色大衣。

她身穿黑色夾克，腰上還繫著一條寬皮帶，右腿則掛著掌中說服者的槍袋，腰後還有一把自動式的。

奇諾回頭看看後面，呈現在她眼前的是一座聳立的城牆，和目前緊閉著的內門。

看不到盡頭的城牆往北延伸到山中，往南則沿著山坡往下延伸，讓人沒有被城牆圍住的感覺，教人搞不清楚自己究竟身在國外還是國內。

「嗯～好大的國家哦，真希望這時候有張地圖參考。」

奇諾一面把大衣捲起來一面說道。

「總之先往海邊去怎麼樣，漢密斯？我這麼決定雖然沒什麼特別的理由，不過那裡應該會有什麼人吧？」

奇諾說道，叫漢密斯的摩托車則回答：

「有何不可呢？」

於是奇諾把大衣綑在載貨架之後，便發動漢密斯的引擎，然後戴上帽子跟防風眼鏡，慢慢沿著通往海邊的路往下坡走。

當她們走了一段距離，從坡道上看到海岸線與街道時。

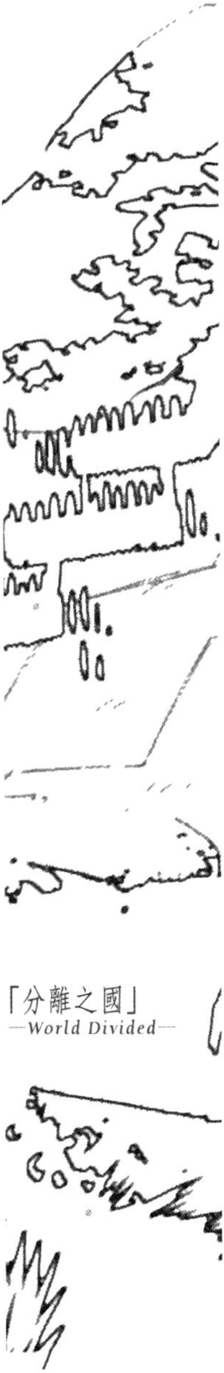

一輛磁浮艇（註＝『磁浮交通工具』。指的是磁浮車輛）正從底下飛了過來。甲板上載有幾名男人。磁浮艇急轉彎並降低高度，與奇諾她們並行。

「請問是旅行者嗎？」

男人從載貨架的地方大聲呼叫。奇諾點頭示意，開心的男人誇張地比手劃腳，並指著道路前方的城市。

「歡迎光臨──！請沿著這條路到那邊吧──！」

奇諾點了幾次頭並舉起左手大姆指。磁浮艇的男人們對她揮揮手之後，就加快速度先行下山。

奇諾跟漢密斯來到海岸沿線的城市。左側是防波堤跟岩石區，閃閃發亮的藍色大海相當遼闊，山坡上以白石建造的房屋櫛比鱗次地面海而建。許多人看到奇諾她們，都從窗口揮手致意。

港口的廣場有人們聚集著。奇諾在眾人的歡迎下進入廣場，並把漢密斯停了下來。

「歡迎光臨，睽違許久的旅行者！」

一名看似長老的老人笑容滿面地對奇諾說。

「你好，我叫奇諾。這是我的伙伴漢密斯。」

奇諾摘下帽子向他致意。漢密斯也說了聲「你好」。

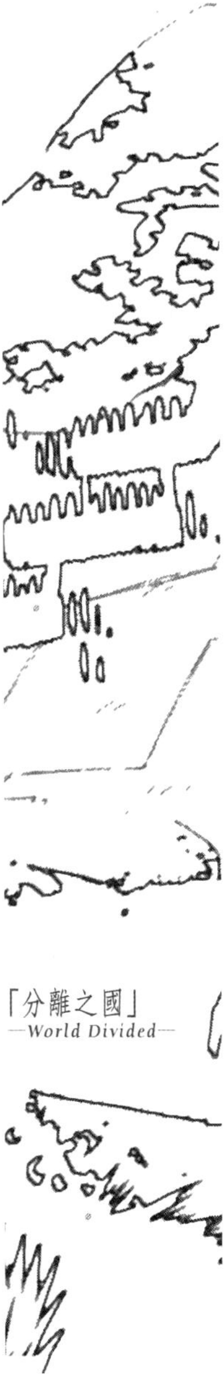



看似長老的老人介紹他自己是這裡的長老。並請奇諾到屋頂上，兩個人在長板凳上坐了下來。漢密斯則被立起腳架停靠在一旁。

長老在眾人的注視中告訴奇諾，全城將歡迎她這位難得造訪的旅行者，並將提供她們免費食宿。奇諾向他道謝。

長老問她有沒有什麼想問的事情，奇諾問他為什麼地圖上沒有標示全自動的城門，以及兩條叉路。

長老的臉色有點沉重。

「其實……目前這個國家正處於分裂的狀態，分為海岸跟北方高地兩個部份。」

「為什麼？」

漢密斯問道。

「這個嘛……應該是觀念不同的關係吧？加上國土過於遼闊，雙方幾乎是處於互不相往來的狀態。其實我們應該要和睦相處的說……真是丟臉啊。」

接著長老很唐突地問奇諾：

「對了，請問妳很挑剔嗎？」

「什麼？」

「奇諾有沒有什麼非吃不可的料理或東西呢？」

奇諾想了一下，搖搖頭說「沒有」。

「也沒有不吃的東西？」

「沒什麼特別不吃的耶。」

長老微笑著說：

「那真是太好了。我們的信條是平常吃飯不追求奢華……不過……」

他朝奇諾和眾人比了個手勢，大家都露出期待他說些什麼的目光。長老繼續說：

「唯獨在慶祝的時候，我們習慣全體一起享用豪華的餐點。除非難得造訪我國的奇諾妳不喜歡熱鬧——」

奇諾瞭解在場所有人的意圖，並點點頭說：

「——大家是想替我們舉行歡迎會？」

聽到這句話，在場人們的眼光全亮了起來。

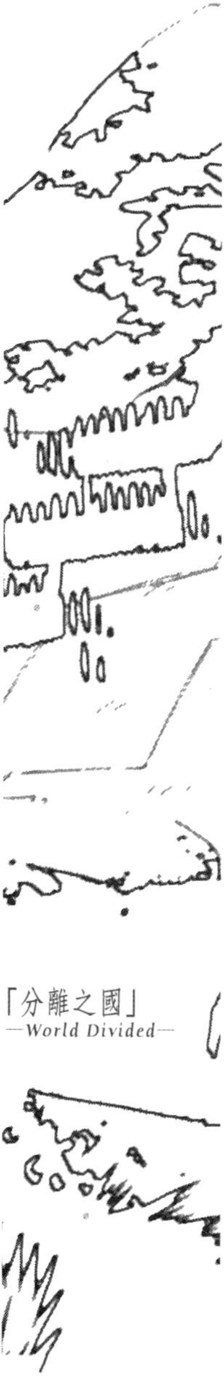



「是的。」

長老面露開心中帶點嚴肅的表情說道。

奇諾站起來看了一下四周的人們，然後對長老說：

「那我就不客氣了。」

頓時全場一片歡聲雷動。

奇諾跟漢密斯被帶到一間可清楚看到海景的房間。

卸下漢密斯身上的行李後，長老派來的使者來到房間，問她們要不要參觀狩獵行動。他表示他們準備駕駛磁浮艇出海捕大型獵物，讓大家在歡迎會上享用。

奇諾表示「好像很有趣」並豪爽地答應，還問漢密斯的意見。

「反正閒閒沒事。」

於是奇諾便推著這麼說的漢密斯離開了房間。

港口停放了幾輛磁浮艇。奇諾跟漢密斯一起登上了磁浮艇的甲板。

磁浮艇的編隊低空飛行在風平浪靜的海面上。奇諾他們搭乘的磁浮艇則保持較高的高度隨行在後。

「獵物會很大喲！這將是場豪邁的狩獵行動！」

擔任嚮導的年輕男子開心地說道。往下一看，磁浮艇甲板上的男人們從木箱裡拿出一些東西。那是一支跟孩童背部大概同寬的細長圓筒，上頭有槍托跟放在肩膀的軟墊。有一端的圓錐形底部黏有粗大突出物的東西。

「那是用火藥把塞滿炸藥的尖物發射出去的道具。叫做『火箭砲』，聽說是很久以前在戰爭上使用的。足以摧毀汽車及任何堅固的東西。」

「打獵得用到它嗎？」

奇諾問道。

「是的，因為那是很重要的獵物。」

嚮導微笑著回答，這時駕駛座有人大喊：「找到了！在左邊！」

只見在他手指向的海面上，冒出一道像噴泉的水柱。

磁浮艇開始互相接近，展開夾擊，奇諾她們搭乘的磁浮艇也稍微往上爬升。有個人從甲板探出身子，揮動旗子指示方向。

在奇諾她們正下方的海面上，有個巨大的黑影在晃動。

那是一頭巨大的生物，呈粗大的流線形，牠緩緩搖動著巨大的尾鰭慢慢前進。從頭部到尾巴的長度，是磁浮艇的好幾倍。

「好大哦！」

奇諾喃喃說道。

「那是鯨魚，是世界上最大的海洋生物。這是妳頭一次看到嗎？」

「是的，我只在書上看過。不過牠真的好大哦。」

「想不到可以在這種地方免費『賞鯨』呢！」

漢密斯說道。

「不不不，好戲現在才要上場！——牠就是我們要捕獵的對象！」

磁浮艇從兩側靠近牠，然後在鯨魚的左右兩邊投下某種物體。那是有如小型包裹大小的圓筒，每隔一次就投下幾個。

那些東西在水裡爆炸。水柱不斷在鯨魚兩側噴起。還傳來陣陣不甚清楚的爆炸聲。

鯨魚扭動巨大的身軀，開始發了狂似的用尾鰭拍打海面，並用力把頭抬起。

就在那一剎那，一台磁浮艇正好從牠正上方通過——

噗咻！

火箭砲發射出去。只見一道白煙，然後就命中鯨魚冒出水面的頭部。

隨後頭部爆開。

肉片夾雜著鮮血四處飛散，掉落時還在海面產生很大的拍打聲。

鯨魚在剎那間還扭動著巨大身軀掀起陣陣海浪，不一會兒就動也不動了。牠的生命終於結束了。鮮紅的海水開始淹沒牠的身體。

「成功了！」

嚮導以下的所有磁浮艇成員都大聲歡呼。

幾名手持繩索的人從磁浮艇跳下，把尾鰭綁在幾輛磁浮艇上。

然後這具巨大的屍體就一路滴著血跡，被拖回了陸地。

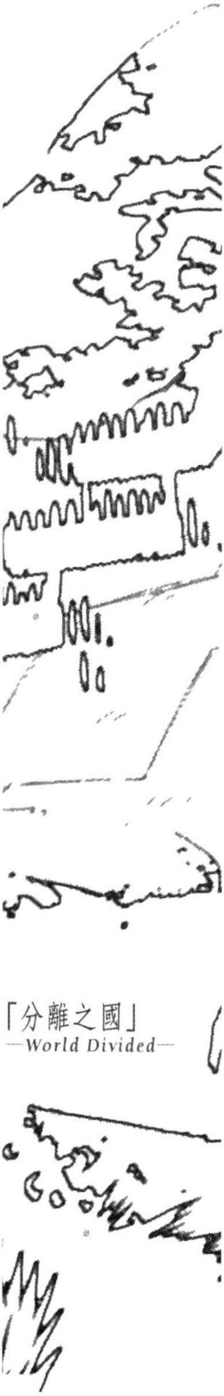



他們把缺了頭的鯨魚拖上廣場旁用來供船隻下海的斜坡，正在佈置會場的人們發出了歡呼聲。

接著馬上開始進行解體作業。由磁浮艇拉動巨型鋸子，冒出來的鮮血把港口染成暗紅色。

切開之後還是很大的肉塊，接下來則是用卡車載送到廣場。再動用好幾個人把它切開。

切好的肉塊被分成三等份。長老向奇諾解釋：

「帳篷旁邊的是我們今天要吃的份量。至於卡車上的，我們會製成保存食品。然後……」

長老指著大布塊上堆積如山的肉塊、骨頭及內臟碎片。仔細一看，能吃的部份還相當多呢。

「那些是其他伙伴的份。」

「你說的其他伙伴是？」

奇諾問道。

「目前不在這裡，不過是我們的伙伴。往後再介紹給妳認識。」

長老笑著說道。

「——好了，大家開動吧！」

長老說完，擠滿整個廣場的人們一起開始吃東西。

連坐在一旁的奇諾也分到了一盤。只見年輕的女性們跟粗壯的男性們穿著圍裙，個個忙得不可開交。長老說：「在我國，很會裝盤的人比什麼都要來得有魅力。」

「來來來，奇諾妳也吃點吧。」

長老勸奇諾快開動。

其中一盤放著大蝦。身體整個被剖開，裡面切好的肉則是生的。倒是蝦子還沒死，沒事還會抽動它的頭跟腳呢。

另一盤是只有頭、脊椎跟尾鰭的魚，上面放著的是剁碎的魚肉。再也沒機會下水的嘴巴及鰓，還「啪！啪！啪！」地一張一合呢。

炭火爐上則放著活生生的貝類及蝦子。只見它們痛苦地翻滾了一陣子後，就口吐白沫地死了。

至於剛才的鯨魚肉則被做成鯨魚排送上來。長老說不要烤太熟比較好吃，因此整個盤子都是血淋淋的。

「…………」

奇諾對著那些菜餚看了好一會兒。

「真是的！」

漢密斯說道。

奇諾穿著襯衫仰躺在房間床上，先是翻了一下身，然後「呼——」地嘆了口氣說：

「天哪，真好吃……」

「是嗎？可是也沒必要吃到昏倒吧？」

漢密斯相當訝異地說道。奇諾望著天花板說：

「某人書上曾提到，旅行者所需要的是能吃時就要盡量吃的能力。」

「是喔！」

房外的太陽已經西下，天色也開始變暗。廣場傳來收拾桌椅的聲音。

「奇諾，請問妳睡了嗎？」

門外有人敲了一下門問道。

「我是長老派來的使者，我們要去分吃的東西給我們伙伴，請問妳想不想參觀？」

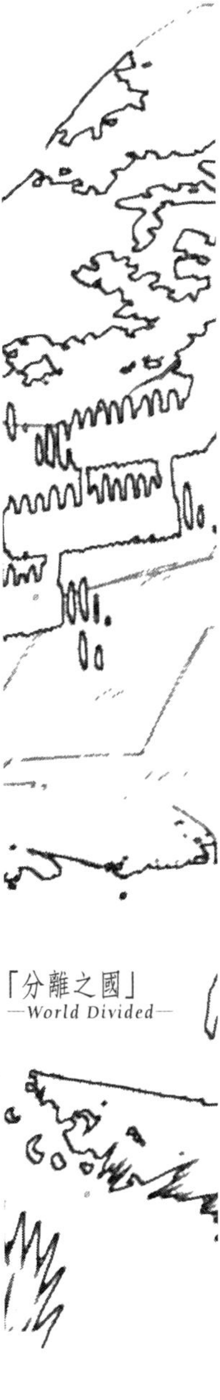

夕陽餘暉把海面映照成閃閃發光的金黃色。有兩輛磁浮艇正在上面飛行。

其中一輛載著奇諾與漢密斯、以及長老等人。另一輛的車體下方則懸掛著一個東西，裡頭是用布塊跟繩索綑綁起來的鯨魚肉片。

磁浮艇在海面上飛行了一段距離，然後停了下來。

長老站在甲板上，簡短地說：

「請收下吧！」

說完輕輕把手往下揮。

綁著布塊某一邊的繩索鬆開，裡面的東西往下掉。只見水面四處飄散著死肉。

魚群很快的朝那裡聚集。大大小小、形形色色的魚忙碌地拍打著海面。海鳥也在眾人的頭上飛舞。

「那就是我們的伙伴。」

長老說道。

「牠們跟我們一樣，是在大自然中以其他生物為食的動物。」

奇諾慢慢地往下看，並滿意地說：

「這些就是牠們的份啊？」

長老也慢慢往下看說：

「是的，這樣牠們也會成長，其他生物會吃了牠們，然後又被其他生物吃掉。這海洋裡的眾多生物，就能在既不會太多也不會太少的數量下繼續生存。平常我們只會獵捕牠們，但在慶典的時候，至少也該分享一些東西給牠們。」

「原來如此……」

奇諾說完便緩緩靠在磁浮艇的邊緣，望著西方的天空。橘色的雲朵彷彿快接觸到水平線。

磁浮艇告別了那些生物，拖著長長的影子踏上歸途。

當晚，奇諾在長老們的邀請下一起喝茶。

長老問她明天有什麼打算，奇諾回答想去北方高地看看。

結果以長老為首，在場喝茶的人全都緊張地大叫說：

「勸妳還是不要去的好！」

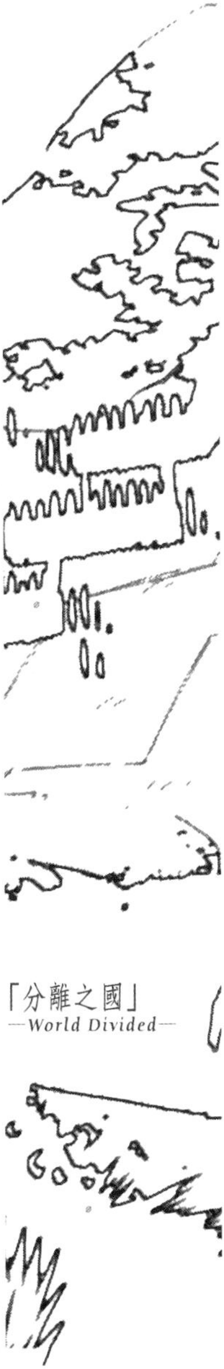

奇諾問他們是不是有什麼危險，只見他們搖搖頭。長老說：

「不，應該是不會有危險。只是……」

長老露出悲傷的表情說：

「他們非常殘酷。所以才無法跟我們相處。」

「他們很殘酷？」

奇諾問道，長老慢慢地點頭。

然後說：

「不過，讓奇諾妳親眼去見識他們的殘酷及醜陋，倒也未嘗不是件好事啦！」

隔天早上，奇諾隨著黎明醒來。

她跟往常一樣做些運動，並練習與維修說服者。

奇諾在長老家享用了豪華的早餐，還收下魚乾製成的保存食品。奇諾彬彬有禮地向他們道了謝。

奇諾沿著昨天下坡的道路往上騎，並從東城門前面通過。

正當她們上坡沒多久，從坡道上看到茂密的森林與街道的時候，跟昨天一樣，有輛磁浮艇飛了過來，與奇諾她們並行。

「請問是旅行者嗎？」

男人從載貨架的地方問道。

奇諾跟漢密斯進入了位於森林前方的城市。這裡的右側是一片蓊鬱的森林，而以白石建造的房屋則櫛比鱗次地依山而建，彷彿被森林環抱住似的。許多人看到奇諾她們，都從窗口揮手致意。

一群人聚集在矗立著木製瞭望台的廣場上。奇諾在眾人的歡迎下進入廣場，並把漢密斯停了下來，向長老問好。

長老在眾人的注視下告訴奇諾，全城歡迎她這位難得造訪的旅行者，並將提供她們免費食宿。

奇諾向他道謝。

長老很唐突地問奇諾：

「對了，請問妳很挑剔嗎？」

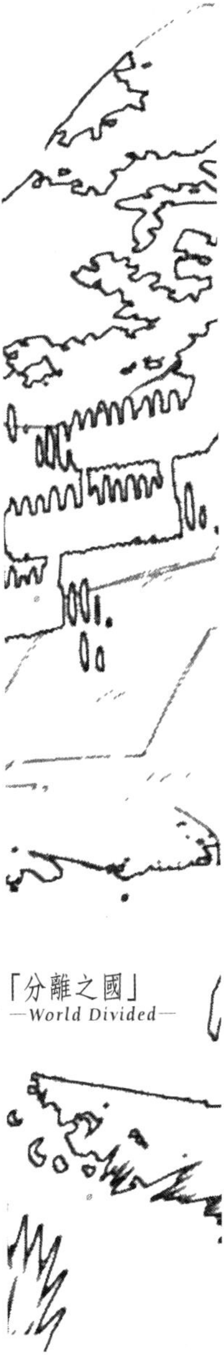

「不會，我什麼都吃，而且也不討厭類似慶典的活動喲！」
奇諾馬上回答道。周遭人們的眼睛全亮了起來。
漢密斯用幾乎沒人聽到的聲音喃喃地說：
「真是的！」

有人過來詢問她們要不要參觀捕捉歡迎會用的獵物狩獵行動。
奇諾豪爽地答應，還問漢密斯的意見。
「反正就閒閒沒事嘛！」
於是奇諾便推著這麼說的漢密斯搭上磁浮艇。
磁浮艇隊伍低空飛在森林裡。奇諾他們搭乘的磁浮艇在略高的位置隨行在後。
「獵物會很大喲！這將是一場豪邁的狩獵行動！」
擔任嚮導的年輕男子開心地說道。下頭在磁浮艇甲板上的男人們開始在組裝跟昨天一樣的火箭砲。
不久駕駛座有人喊道：「找到了！在左邊！」
在他手指向的樹林裡，似乎好像有什麼東西在動。

磁浮艇開始互相接近，展開夾擊，奇諾她們搭乘的磁浮艇也稍微往上爬升。有個人從甲板探出身子，揮動旗子指示方向。

有個巨大的黑影在奇諾她們正下方的地面晃動。

那是一頭巨大的生物，從狀似岩石般的身體伸出一條細長的鼻子。牠緩緩搖著大耳朵，並移動著牠粗壯的四隻腳緩緩前進。從長長的鼻子到尾巴的長度，約是磁浮艇的兩倍。

「好大哦！」

奇諾喃喃說道。

「那是大象，是森林裡最大的生物。這是妳頭一次看到嗎？」

「是的，我只在書上看過。不過牠真的好大哦。」

「想不到可以在這種地方……以下省略。」

漢密斯小聲地說道。

「好了，好戲現在才要上場！——牠就是我們要狩獵的對象！」

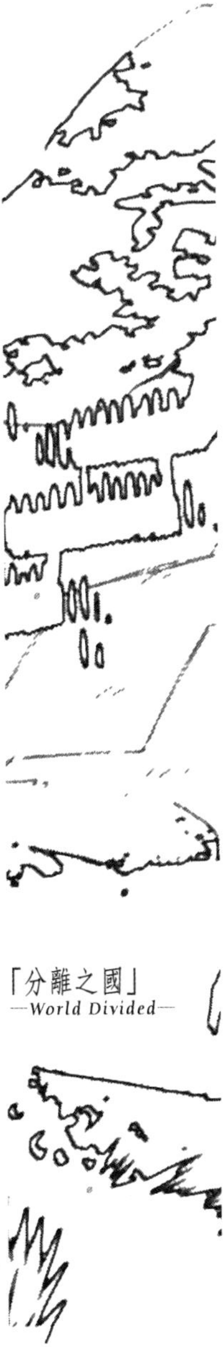

磁浮艇從兩側靠近牠，然後在大象的左右兩邊投下某種物體。那是有如小型包裹大小的圓筒，每隔一次就投下幾個。

那些東西在地面爆炸。地面被炸開，泥土不斷從大象兩旁噴上來。還傳來陣陣不甚清楚的爆炸聲。

大象巨大的身軀開始顫抖，接著像發了狂似的發出巨大的腳步聲往前走，朝樹木稀疏的地方前進。

就在那一剎那，正好從牠旁邊通過的磁浮艇——

噗咻！

火箭砲發射出去。只見一道白煙，然後就命中從樹蔭走出來的大象頭部。

只見牠的頭部爆開。

肉片夾雜著鮮血四處飛散，濕答答地掉落地面時還發出很大的聲響。

剎那間扭動巨大身軀的大象站了起來，不一會兒就應聲倒地，動也不動。牠的生命終於結束。

鮮紅的血開始染紅地面。

「成功了！」

以嚮導為首，所有磁浮艇成員都大聲歡呼。

幾名手持繩索的人從幾乎貼近地面的磁浮艇往下跳。他們把大象的四肢綁在幾輛磁浮艇上。

然後這具巨大的屍體就一路滴著血跡，從空中被運回去。

他們把缺了頭的大象拖到廣場噴水池旁的空地上。正在佈置會場的人們發出了歡呼聲。

接著就馬上進入解體作業。磁浮艇負責拉動巨型鋸子。冒出來的鮮血把地面的石板染成暗紅色。

那些切開之後還是很大的肉塊，動用好幾個人搬運到廣場，接著又被切成更小。

切好的肉塊被分成三等份。長老向奇諾解釋。

「帳篷旁邊的是我們今天要吃的份量。至於卡車上的，我們會製成保存食品。然後……」

長老指著大布塊上堆積如山的肉塊、骨頭及內臟碎片。仔細一看，能吃的部份還相當多。

「那些是其他伙伴的份。」

「你說的其他伙伴？」

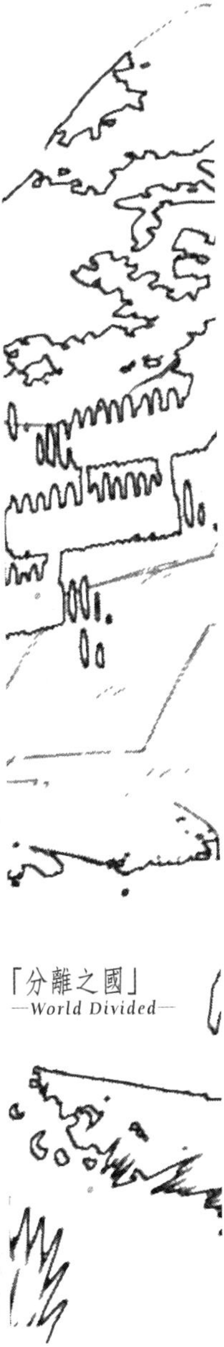

奇諾笑著說。

「目前不在這裡，不過是我們的伙伴。往後再介紹給妳認識。」

長老笑著說道。

「——好了，大家開動吧！」

長老說完，擠滿整個廣場的人們一起開始吃東西。

連坐在一旁的奇諾也分到了一盤。只見年輕的女性們跟粗壯的男性們穿著圍裙，個個忙得不可開交。長老說：「在我國很會裝盤的人比什麼都要來得有魅力。」

「來來來，奇諾妳也吃點吧。」

長老勸奇諾快開動。

其中一盤放著全身烤焦的猴子。牠的身體整個被剖開，裡面塞滿了切碎的香草。猴子的四肢全都直直地往上伸，看起來很像人類的嬰兒。

另一盤是已煮熟、但只有脖子以上部份的羊，裡面的腦漿整個露出來。再也沒機會看東西的白濁眼睛也被挖出來擺放在盤子裡當裝飾。

然後有幾隻活生生的雞被載送到廣場旁。牠們的頭被兩根細長的棒子固定之後，迅速地被手斧

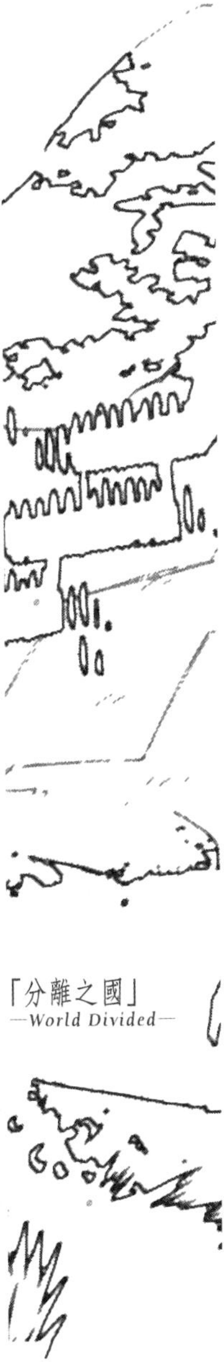

砍斷。少了頭的身體不斷拍打著翅膀，到處亂竄一陣子之後就死掉了。長老說等一下要把牠們烤來吃。

至於剛才的大象肉則被做成象排送了上來。長老說不要烤太熟比較好吃，因此整個盤子都是血淋淋的。

「…………」

奇諾對著那些菜餚看了好一會兒。

「連續兩天都這樣！」

漢密斯說道。

奇諾穿著襯衫仰躺在房間床上。先是翻了一下身，然後「呼——」地嘆了口氣說：

「天哪，真好吃……」

「妳就只會自我安慰。」

漢密斯語帶諷刺地說道。

奇諾則躺在床上說：

「偶爾來這種國家也不錯……而且我從來都不知道羊腦是如此鮮嫩可口。人果然不該太挑食呢！」

「是喔！」

房外的太陽已經西下，天色也開始變暗。廣場傳來收拾桌椅的聲音。

「奇諾，請問妳睡了嗎？」

門外有人敲了一下門問道。

「我是長老派來的使者，我們要去分吃的東西給我們伙伴，請問妳想不想參觀？」

兩輛磁浮艇在夕陽西下的森林上空飛行。

其中一輛載著奇諾與漢密斯、以及長老等人。另一輛的車體下方則懸掛著一個東西，裡頭是用布塊跟繩索綑綁起來的大象及其他動物的肉片。

磁浮艇在森林裡飛了一段距離，然後停了下來。

長老站在甲板上，簡短地說：

「請收下吧！」

說完輕輕把手往下揮。

綁著布塊某一邊的繩索鬆開，裡面的東西往下掉。只見大地四處飄散著死肉。

動物很快的朝那裡聚集。從小動物、鳥類、到大型肉食性動物都有。全都專心一致地吃著肉片。

「那就是我們的伙伴。」

長老說道。

「牠們跟我們一樣，是在大自然中以其他生物為食的動物。」

奇諾慢慢地往下看，並滿意地說：

「這些就是牠們的份啊？」

長老也慢慢往下看說：

「是的，這樣牠們也會成長，其他生物會吃了牠們，然後又被其他生物吃掉。這森林裡的眾多生

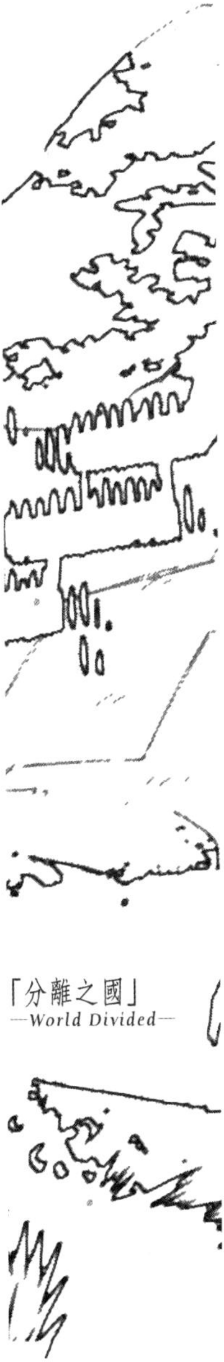

物就能在既不會太多也不會太少的數量下繼續生存。平常我們只會獵捕牠們，但在慶典的時候，至少也分享一些東西給牠們。」

「原來如此……」

奇諾說完便緩緩靠在磁浮艇的邊緣，望著西方的天空。橘色的雲朵彷彿快接觸到地平線。

磁浮艇告別了那些生物，拖著長長的影子踏上歸途。

當晚，奇諾在長老們的邀請下一起喝茶。

長老問她昨天做了些什麼事，奇諾回答她曾在沿海城市住了一宿。

結果以長老為首，在場喝茶的人全都緊張地大叫說：

「那些傢伙很殘酷吧？」

長老露出悲傷的表情說：

「他們非常殘酷。只曉得殘殺海洋裡的可愛魚群跟貝類。而且還冷酷地看著它們死去，活生生把它們吃掉。連聰明又可愛的鯨魚都逃不過他們的魔掌……」

長老語氣激動地說：

「因此那些傢伙也胡亂指控我們，說我們每天把大自然賦予的森林動物當成糧食的行為既冷血又

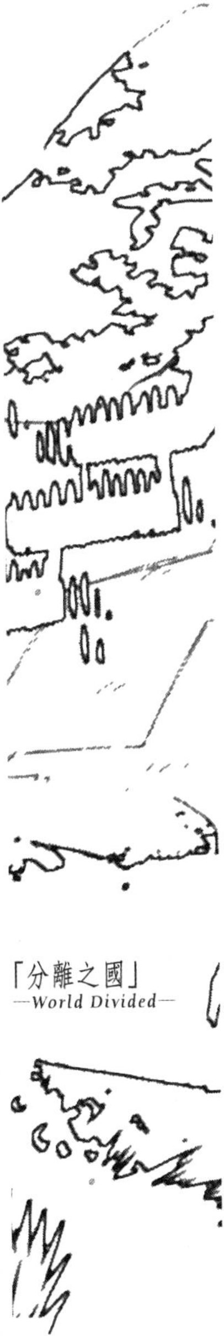



殘酷。我們覺得那些完全沒發現自己才叫殘酷的人，根本沒資格指責我們。因此我們實在無法跟那些冷血的傢伙和睦相處。」

「原來如此，所以你們才會分開、各自過活啊？」

奇諾問道，長老慢慢地點頭。

然後說：

「不過，讓奇諾妳親眼見識到他們的殘酷及醜陋，倒也未嘗不是件好事啦！」

隔天，也就是奇諾入境後的第三天早上。

奇諾隨著黎明醒來。她跟往常一樣做點運動，並練習與維修說服者。

奇諾在長老家享用了豪華的早餐，還收下獸肉製成的保存食品。奇諾彬彬有禮地向他們道謝。

奇諾她們在盛大的歡送下啟程。

她們奔馳在毫無人煙的廣大國土，過了中午才抵達西門。

然後她們通過全自動的城門，離開了這國家。

「好了——我們走吧！」

漢密斯開心地說道，不過奇諾卻有氣無力地說：

「不，在那之前……」

「嗯？」

「我肚子餓了。」

漢密斯呆住了，接著「喔～」的一聲嘆了一口氣，然後語帶諷刺地說：

「我想也是，要是像那樣日以繼夜地拼命吃東西，鐵定會把胃脹破的！」

「沒辦法，只好烤人家送的乾貨來吃囉，吃完再動身吧。」

奇諾從漢密斯上頭跨下，立起腳架把它撐住。

「也好，否則妳要是餓到摔車，我也吃不消。」

漢密斯說：

「話說回來，魚類乾屍跟動物乾屍，妳要吃哪一種？」

奇諾一面在行李中摸索自己想要的東西，一面斬釘截鐵地回答：「兩種都吃。」

# 第七話
# 「酸葡萄」
## —On Duty—

# 第七話「酸葡萄」
## —On Duty—

「喂，我問妳。」

男人突然開口。

他對著一個年約十五歲，正在路邊的露天咖啡廳喝著茶的人說話。對方有著一頭黑色短髮、一對大大的眼睛、及炯炯有神的臉蛋。她身穿黑色夾克，繫著一條寬腰帶，右腿上則掛著一只裝有掌中說服者的槍袋。

跟她說話的男人年約三十歲，是個衣著整潔的普通男人。

「你是在跟我說話嗎?」

男人點點頭，並指著停放在人行道角落、後輪兩側掛著置物箱的摩托車說：

「那台車是妳的嗎?妳是個旅行者嗎?」

「是的，我是昨天剛入境貴國的。」

年輕的旅行者話一說完，就開始做起自我介紹：

「我叫奇諾，停在那邊的是我的伙伴漢密斯。」

「妳叫奇諾是嗎？那妳打算持續做這種事到什麼時候？」

男人依然站著，以尖酸刻薄的語氣向這名叫奇諾的旅行者說。

奇諾則若無其事地詢問他：

「你說『這種事』是什麼意思？」

「就是騎著摩托車旅行啊！我看妳年紀還很小，不必上學嗎？不過，或許妳生長的國家並不在乎學歷，那麼，妳不必工作嗎？」

「……要我全盤說明，實在很困難耶。」

奇諾輕輕聳聳肩回答。

「抱歉，我就坐下來吧。」

男人一說完，就一屁股坐在奇諾對面的座位。

男人看著奇諾，其實應該說是上下打量著她。

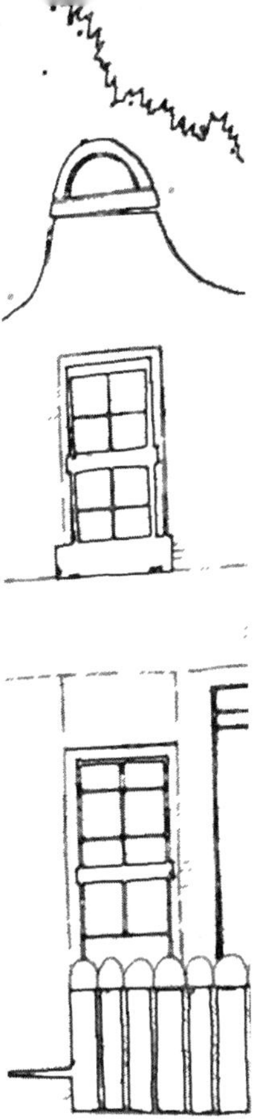

「旅行好玩嗎？」
「好玩。」
「妳不覺得自己在浪費人生嗎？」
「…………」
男人以叱責的口吻說道，像在教訓壞學生似的。
「或許現在妳樂在其中，但也只有現在能這樣。對妳的將來而言，這是個毫無意義的行動。因為妳不過是四處閒晃、走馬看花而已。乍看之下或許很自由，但妳不過是拋下人類應盡的義務出去玩樂，簡直像根飄浮不定的野草。」
「…………」
奇諾默默地喝著茶。男人繼續說：
「人生在世，有許多必須履行的義務，其中之一就是工作，藉由固定的職業來服務他人與國家，換句話說，就是身為社會人的義務；另一個就是結婚、組織家庭，讓自己的配偶得到幸福，並生孩子，好好把他們撫養長大，最後把他們送進另一個嶄新的社會；這是身為人類最最基本的義務，哪像妳這樣無所事事的四處旅行。我實在無法相信，現在的妳有能力盡自己應盡的義務。說到這裡，妳有沒有什麼異議？」

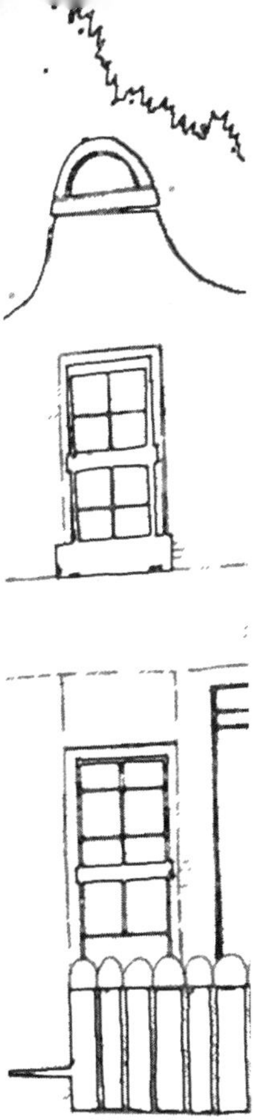



「沒有。」

奇諾淡淡地微笑著回答。

男人開始長舌起來了：

「所以啊，旅行不過是在浪費人生罷了！我剛剛不是說過嗎？或許妳會覺得我這些話聽起來很刺耳，不過很抱歉，現在的我就是有資格說這些話。因為我有工作，也確實保護好自己的家人。因此勸妳最好多替自己的人生想想。我就是這麼想，才主動找妳說話的。」

「原來如此，我會好好考慮的。」

「還有一件事！」

「什麼事？」

「勸妳最好別再騎摩托車。」

「別再騎車？」

奇諾輕聲問道。

「是的，摩托車太危險了。而且又只能載兩個人。就移動方式來說，是非常野蠻又原始的交通工具。一個有頭腦的大人，是不會為了個人玩樂，而故意讓家人擔心及感到不便的。照理說，應該要買車來載送心愛的家人。用摩托車旅行實在是最差勁、最糟糕的做法。」

奇諾看了一下漢密斯說：

「謝謝您的擔心，不過我還是打算繼續騎著它旅行。」

男人一聽到這句話，表情有點僵住。他一面指著奇諾，一面用比剛才更強硬的口吻說：

「妳啊，根本就沒把我剛剛講的那些話聽進去嘛！妳把長輩的意見當什麼了？別以為自己還年輕，就能肆無忌憚地揮霍青春——」

這時男人突然看了一下手錶，隨即臉色大變。他站起來時說道：

「總有一天妳會為自己的人生後悔的！」

他丟下這句前後矛盾的話，就匆忙離開了。

當男人的身影消失不見的時候，

「這個人好有趣哦，不曉得他的精力是從哪裡來的？」

漢密斯說道。

「怎麼，你醒啦？不曉得，可能是對旅行者跟摩托車有什麼仇恨吧？」

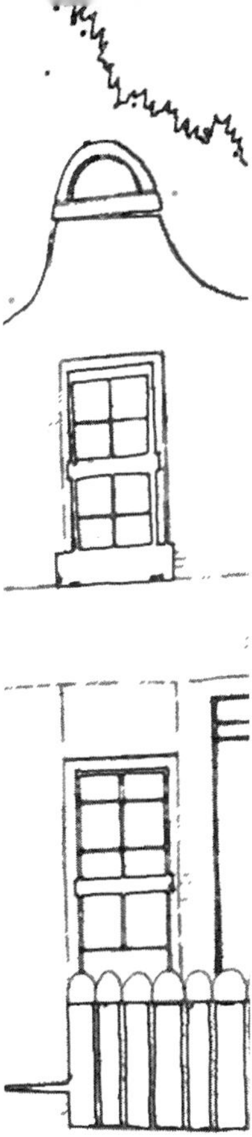



奇諾說道。她一手拿著茶杯，另一手攤開地圖。

「算了，管他的。漢密斯，等這杯茶喝完，我們就去位於南區的神殿吧。之前遇到的人還叫我們要見識一下這裡把父母拿去典當的特別習俗呢。」

「了解，看來在這國家會很忙呢。」

「就是啊，不曉得三天夠不夠用呢？我想去看看位於北方的古代巨大生物的遺骸，可是又聽說附近石山道路的景色也很美。我也想嚐嚐看蒸地底魚的味道，但是又想參加傍晚在郊外舉行的演唱會。然後——」

那男人慌張地走在井然有序的商店街入口。

兩名分別是五十多歲和跟三十出頭的女性，以及兩名小孩正站在那裡。他們一看到匆忙跑來的男人，全都直瞪著他看。

「怎麼這麼慢？不過是停個車子，怎麼停那麼久？」

看似他太太的婦人以責備的口吻對男人說。

男人不斷說著「對不起，對不起」，還拼命低頭道歉。

「拜託你有擔當點好不好？」

他太太不滿地咋舌說道。

就在這個時候，一陣吵雜的引擎聲越來越接近，不久，一個騎著摩托車的旅行者就從他眼前經過。看到男人的旅行者揮揮左手打個招呼，然後就離去了。

「那個人是誰？」

男人的太太問道。

雖然男人只是說「是個剛才聊過一些話的旅行者，沒什麼啦。」不過他太太卻突然橫眉豎目、怒氣沖沖地說：

「旅行者？我說老公！你該不會又興起獨自旅行的蠢念頭了吧？」

在太太的逼問下，男人拼命搖著頭跟雙手說：「才、才沒有呢！」

「真的嗎？」

在太太的怒視下，男人解釋道：「真的啦，我怎麼可能丟下妳出去旅行呢？況且我還要工作呢。」

「真的沒有就好。」

正當他太太準備轉身，卻好像想到什麼事地突然停住。

「啊！你該不會有騎摩托車吧？之前你可是再三發過誓的，要是敢瞞著我騎摩托車，我就跟你離婚喲！」

男人說，「放、放心啦，我不是把摩托車給賣了嗎？騎那東西太危險了，我只要一想到你們，就不可能騎的啦！」

「哼，諒你也不敢違背諾言！現在還不能讓你死呢……對了，記得工作努力一點，好多加點薪水，否則叫我怎麼幫孩子買好一點的衣服呢？」

他太太一臉無趣地說道，接著那名五十多歲的女性也說：

「就是說啊，我可不是為了看我女兒不幸才把她嫁給你的。如果沒有機會出人頭地的話，在工作上就要比普通人多努力兩三倍，好讓妻小過幸福的生活。這不僅是身為社會人，也是人生在世應盡的義務。懂嗎？」

男人簡短地回答他丈母娘：「懂。」

接著他太太把手上拿著的東西遞給他說：

「好了，我們走吧！快把這個拿著！難得的假期，就好好陪陪家人吧！快點快點！」

隨後便帶著孩子走進了商店街。

男人小聲嘀咕：「可是我工作累得要命耶」。

「你說什麼？」

太太頭也不回地問道，男人馬上回答「沒有」。

男人望著馬路，搜尋著早已遠去的旅行者背影及聽不見的引擎聲。

然後就慌慌張張地從後頭追向他的家人。

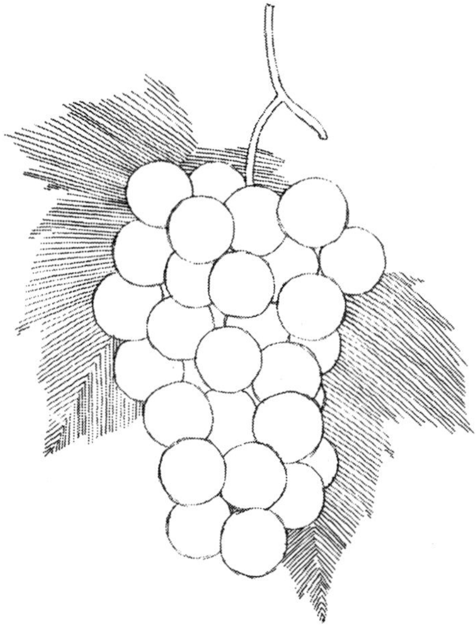

# 第八話
# 「被認同之國」
—*A Vote*—

認

# 第八話「被認同之國」

## —A Vote—

一輛摩托車在長著稀疏灌木的草原上奔馳著。

那是一輛後輪兩側和上頭載滿了行李的摩托車。它的引擎肆無忌憚地轟轟作響，奔馳在筆直的道路上。由於正值乾涸期，路面紅棕色的泥土佈滿細微的裂痕。

摩托車騎士身穿棕色大衣，衣擺較長的部份則捲在兩腿上，頭上戴著有帽沿跟耳罩的帽子，還戴著防風眼鏡，眼鏡下的表情很年輕，大約十五歲左右。

可能是前方的陽光過於刺眼，騎士用左手稍微壓低一下帽沿。

「嗯，果真是不需要呢。」

騎士突然說道。摩托車回問：

「不需要什麼，奇諾？」

「我在說大衣呀。這種天氣騎車不需要穿大衣，因為有點熱。」

名叫奇諾的騎士敞開大衣領口，好讓風往裡頭吹，她裡頭還穿一件黑色夾克。

「要不要停下車把它脫掉？」

摩托車問道。

「不，不必，反正都看到目的地了。漢密斯，你看！」

奇諾指的前方，也就是還不到地平線的地方，依稀可見像平躺的棒狀長方形黑影，那是國家的城牆吧！

「等離開那國家的時候穿夾克就好了，大衣就放在載貨架吧。而且以後會越來越熱，襯衫也得換薄一點的。」

「那防寒衣呢？都不需要穿了嗎？」

名叫漢密斯的摩托車問道。奇諾點點頭。

「對喔，防寒帽跟防寒手套大概都不需要了吧？直到下一個冬季以前，也沒多餘的空間帶這些東西。看來該把它們賣掉或換其他東西，否則就只好丟掉。其實我還蠻喜歡這些東西的說。」

奇諾說道，語氣中透露著不捨。

「畢竟這也是沒辦法的事。況且能夠毫不猶豫地把不需要的東西丟掉，也是人類天生的才能呢！」

漢密斯安慰她。然後又繼續說：

「有時候一些比較愚蠢的人，捨不得丟掉不需要的東西，導致房間一大半都被佔滿呢！」

「有一次遇到的一個作家就是這樣嘛，因為捨不得把書丟掉而掙扎不已。」

奇諾說道。

迫近眼前的城牆越來越高，不久她們來到了城門前。

入境審查是在城門辦理的。

奇諾在介紹下訂了一間符合需求的旅館。當她抵達的時候，太陽都快下山了。

沖完澡、吃過飯之後，奇諾看著掛在大廳的本國地圖。

「喔！旅行者，歡迎歡迎！歡迎妳來到本旅館！」

一個人用響亮又沙啞的聲音對奇諾說話，於是她回頭看是誰。

她眼前站著一名年約五十幾歲的男性，從他衣衫不整的打扮看來，不像是旅館裡的職員。

男人用響遍大廳的嗓門對訝異的奇諾說：

「我是這家旅館的老闆，先坐下來吧！如果對這國家有什麼不熟悉的事情，儘管問我吧！」

看他好像醉得蠻厲害的。奇諾看到櫃台人員明顯地皺起眉頭。

奇諾先向他問好，然後坐上男人對面的沙發。

雖然沒有人問起，男人卻自顧自地大聲說起自己如何創立這家旅館，現在全權交由孩子們管理，自己則過著悠哉的生活等事情。

奇諾則放敷衍地回應他的話。

「旅行者是專程為了參觀慶典來的嗎？」

聽到男人講這句話，奇諾問他是什麼慶典。

「怎麼，妳不知道嗎？好，讓我來告訴妳！首先，稍微講一下這國家的歷史吧！」

男人說道，並開始作簡單的說明。

這國家是君主政體，而且規定國王必須是醫生。

在這個福祉完善的國家裡，完全不需要支付醫療費，全體人民都能在王立醫院接受治療。而且在國王麾下工作的醫生，在社會上的地位是非常崇高的。

「至於慶典呢，正確說來也不是什麼慶典。只因為那天是投票日，慶典是附加的活動。應該算是投票祭典吧？」

男人說道。

「投票？選的是什麼呢？」

聽到奇諾的質問，男人笑了起來。接著回答：

「選的是『不需要的人』，然後要讓那個人死。屆時會乾淨俐落地處死那個不需要的人。」

他故意壓低聲音說道。

男人說，這件事就歷史意義而言是很重要的，便開始說明投票的起因。

在一百五十年以前，因為農作物持續歉收，這國家面臨嚴重的糧食短缺，飢荒跟疾病也開始蔓延。

當時的國王計劃用殺人的方式來做為最後手段。為了要選出該死的人，便請全體國民投票選出「對自己必要的人」，然後由國家處死「沒有被任何人選上的人」。國王抱持著就算被選上的是自己，也要將這個計劃付諸實行的決心。

恐怖的投票結果公佈了，結果沒有一個人被覺得是不被需要的。

『不管狀況將會如何，也沒有人是不被需要的——』

國民的決定讓國王非常感動，也對自己的決定感到羞恥。因此決定選擇大家一起分擔困難並克服它。

不久危機解除，而那件事也成了這國家具備完善福祉的契機。

從此以後，這項具有歷史意義的投票，就變成每年必須舉辦的活動了。凡是會寫字的國民，全都要寫上對自己而言非常需要的人的名字，不管幾個人都無所謂。

每年都沒有人的名字沒被寫上。在這個國家，人們都互相依賴地生活著。因此大家要一起慶祝。

「原來如此……這麼說，實際上不曾有人遭到處分囉？」

奇諾問道。

「沒錯！那當然，我也從沒聽說過呢！什麼『因為你不被眾人需要，請你乖乖受死吧』，這裡可是有別於那種不正常的國家。基本上還是有執行死刑用的裝置，只是從來沒被使用過。好像是故意要讓它生鏽，好擺在皇宮裡當裝飾品！這故事不錯吧？有沒有很感動？」

男人用沙啞的聲音說道，還笑得很大聲。

「那個……」

男人的旁邊站著一名西裝打扮、年約三十歲的男人。他露出相當困擾的表情對男人說：

「爸爸，能不能請你小聲一點？」

「你說什麼？你什麼時候變這麼跩啊？這家旅館可是我創立的耶，你懂不懂啊？」

男人立刻罵回去，西裝打扮的男人顯得不知所措。

「不是啦，我是說——」

「喂！算了，你下去吧！快去工作！想像我這麼悠哉悠哉的，你還早得很呢！想指使我，再等個二十年吧！現在的我也算是個客人！喂，經理！聽懂了沒？怎麼不說話？」

「……是。」

他兒子露出非常為難的表情離去。男人望著他的背影，不屑地「哼！」了一聲。

男人再次轉身面向奇諾，依舊大聲說道：

「大家會在慶典上飲酒作樂，旅行者也不要客氣，儘管參加吧。而且所有東西都不用錢喲！儘管去吃一些好吃的東西吧！」

「謝謝。」

奇諾規規矩矩地道了謝。

後來奇諾詢問有什麼地方可以交換或收購她不需要的冬季裝備。

男人訝異地「喔」了一聲說：

「這種事就包在我身上吧！明天我就帶妳去找跟我們旅館有合作關係的店家，不管東西有多破爛，我都會請對方高價收購的。因為我跟對方有多年的交情，這點小事他會接受的。等慶典開始之後，就來找我吧！」

然後男人又大聲地笑著。奇諾說：

「那真是幫了我好大的忙呢！」

「這不算什麼啦！況且人活在世上，本來就要互相扶持嘛！對旅行者來說，我就是非常需要的人

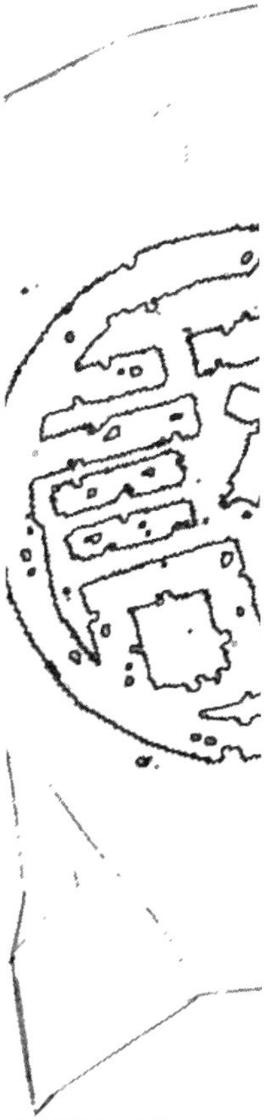

囉！」

男人毫無顧忌地大聲嚷嚷。

稍微看了一下大廳的奇諾問：

「對了，請問我有投票權嗎？」

「很遺憾，旅行者並沒有呢！」

男人說道。

入境第二天的早上。

奇諾隨著黎明醒來。

她在熟睡中的漢密斯身旁做點簡單的運動，然後開始練習及維修名為『卡農』的掌中說服者。

在奇諾吃完早餐時，外頭響起了幾聲的煙火聲，路上的宣傳車不斷廣播：『各位，今天是投票日，請不要忘記去投票哦！』

吃完飯後，奇諾回到房間。

她打開包包，並拿出厚厚的防寒上衣、長褲、附有厚耳罩的防寒帽，以及皮革製的防寒手套。

她整齊地把它們疊好，並擺在書桌上。

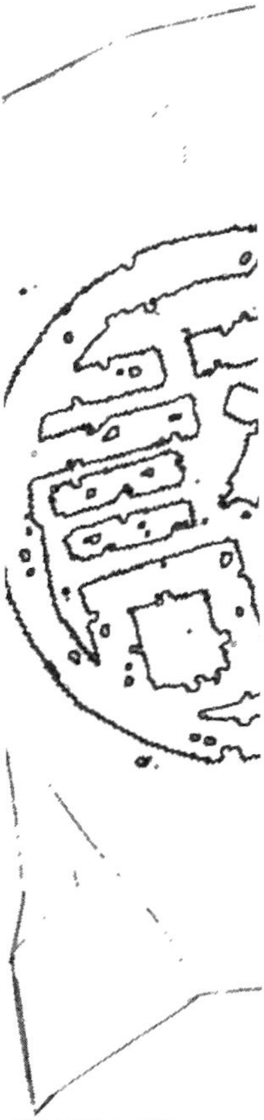



奇諾對著這些東西盯了好一會兒，然後唸唸有詞地說。

「過去你們都曾派上用場……謝謝了。」

「不客氣。」

漢密斯說道。

「怎麼？你醒了啊？」

奇諾笑著回頭說道。

「沒醒，這算是夢話吧！」

「這樣啊……時候也不早了，能不能請你起來呢？」

聽到奇諾這麼說，漢密斯義正嚴詞地回答道：

「那很難耶！妳也知道所謂『春眠不覺曉』吧！」

「…………」

奇諾沉默不語。

「怎麼了，奇諾？」

「我在想你這句話有沒有說錯。」

「很失禮耶！」

奇諾和漢密斯隨路上人潮到投票所參觀。

在這國家中央，有一棟被綠樹包圍的大型建築物，人們正往裡頭走去。警衛說明這裡是由國王兼任院長的中央醫院。

因為奇諾跟漢密斯不能進去，於是就在入口處稍微看了一下。

「今年我絕不會寫妳的名字的！」

「哎呀，我也是喲！」

一對手牽手的情侶互相開著玩笑。有的是全家人一起來，也有人投完票後就在草坪上悠閒地吃起午餐。

「好和平哦。」

漢密斯說道。

中午過了一段時間之後，當奇諾在餐廳喝茶時，煙火聲又再次響起。有人告訴她那是通知投票已經結束。等調查結束，知道『沒有任何人是不被需要的』，就會開始舉行慶典。

「到傍晚就會知道結果了。只不過每年都沒有，所以今年應該也沒有才對。」

只聽到有人如此說道。

接近傍晚時，奇諾她們結束適當的觀光行程回到了飯店。飯店四周的道路跟廣場為了準備慶典，正忙著擺設攤位、桌椅並進行裝飾。

在太陽落到城牆下時，響起了第三次的煙火。然後宣傳車四處通知慶典將照預定舉行。

慶典在天快黑的時候開始，燈火通明的街道頓時變得熱鬧非凡。

奇諾找到飯店老闆，詢問是否可幫她賣掉防寒衣。這個相當會吹噓的男人大聲地說：「好，包在我身上」，接著就帶奇諾到附近某個店家去。

他大聲嚷嚷地走進店裡，並詢問店主那些東西值多少錢。店主報價之後，男人死皮賴臉地要

求：「都認識這麼久了，價錢再高一點吧」。經過一番討價還價之後，店主心不甘情不願地答應以相當高的價錢完成交易。

「那我走了！旅行者，好好享受慶典喲！」

男人開開心心地步出店門，店主露出不悅的眼神看著他離去。

奇諾對店主說：

「那位先生好像跟大家處得不太好的樣子。」

店主看著奇諾說：

「明知如此還敢請他幫忙，妳也挺有種的……不過，如果沒這種膽量，想必妳也無法旅行下去吧。算了，別把我的話放在心上。」

「謝謝。對了，請給我四件那種襯衫。」

店主說了一聲「好」，並拿起襯衫用紙包起來。這時他突然停了下來。

「……其實他以前不會這樣的。他一個人白手起家，管理那家氣派的飯店。只是自從他太太去世，又在周遭的人勸說下退休後，就終日藉酒澆愁。現在別說是鄰居了，連他家人跟飯店職員都對他避之唯恐不及。其實，有誰希望自己的人生只會給周遭的人添麻煩呢！」

店主不耐煩地說道。

奇諾小聲地說：「原來如此」。

後來奇諾也加入了慶典活動。看到送上眼前的食物，則是能吃多少就吃多少。還用便宜的價格購買了她所需要的物品。

回到飯店的時候，醉醺醺的飯店老闆正在大街上鬧事。

隔天，也就是奇諾入境後的第三天早上。

奇諾還是依照慣例在黎明時醒來，並進行「卡農」的練習與維修。

這時奇諾發現外頭好像有點騷動。透過窗戶，她看到門口停了一輛車，還有幾名身穿制服的警察走進飯店。

奇諾走下大廳，聽到身穿睡衣的老闆兒子跟他家人，以及其他飯店職員跟警察的談話。

奇諾詢問其中一名服務生發生了什麼事。他面色凝重地告訴她：

「我們老闆死了。」

「？」

奇諾問他是什麼原因。

由於昨晚舉行慶典，所以沒有人發現老闆沒有回家。可是卻在清晨被人發現他倒臥在後巷，剛剛送醫後證實他已經死亡，死因據說是心臟病發。

「我一直勸他別喝那麼多酒的說……」

老闆的兒子露出完全無法相信的表情，有氣無力地說道。

後來奇諾目送老闆兒子及他家人和警察一起走出去。

奇諾問服務生葬禮是否會在今天舉行，服務生回答：

「很遺憾，旅行者，這國家並沒有所謂的葬禮，當家人跟死者做完告別之後，大概過了今天中午，就會把骨灰放進國家外圍的聯合墓園……畢竟人死了也不過如此。」

到了中午。

奇諾把行李整理好，幫漢密斯補給燃料之後就準備出境。她一身夾克打扮，腰際繫著粗皮帶，右腿懸掛著「卡農」的槍套。

至於大衣則是捲起來綁在載貨架上。

出了西側城門沒多久，就可看到道路右邊是一片類似公園的地方。裡頭花木扶疏、草坪整潔，設有可遮陽避雨的座位休息區，並有大型石碑四處林立。

這時有個角落聚集了幾個人，不曉得在做些什麼。他們解散之後，朝奇諾所在的方向走來。其中一人看到奇諾還出聲招呼她：「嗨，旅行者」。原來是死去的飯店老闆的兒子。

「一切都結束了，就是那邊那塊石碑。不介意的話不妨……」

「嗯。」

「那我們回去了。旅行者，請保重哦。」

目送這群人穿過城門之後，奇諾推著漢密斯往石碑的方向走去。

那裡只剩下一名身穿白衣的年輕男子，跟幾名負責打掃的工作人員。

「醫生，那我們先告辭了。」

工作人員跟白衣男子打過招呼之後，便收拾工具走回城門。

男人在文件上寫了些什麼。他看到奇諾，然後一面寫字一面說：

「我是醫生，必須負責開立埋葬證明。」

「原來如此。」

奇諾在石碑前脫下帽子，輕輕閉上眼睛，並在嘴裡默默禱告著。然後向醫生表明自己就住在這名死者的旅館。

「這樣子啊？」

醫生若有所思地說道。接著他停下手邊的工作，看著奇諾說：

「啊，呃——……這麼說，旅行者妳們準備要出境，啟程到遠方了嗎？請問現在還有空嗎？我想和妳們聊一下。」

「其實我們也不是很趕啦……」

「什麼？是有趣的事嗎？」

漢密斯問道，醫生說：

「沒錯，雖然我不曉得它是否有趣，不過一定會成為一件你們旅途中很值得紀念的事。我想聊的，是這個國家了不起的體系。」

醫生結束繁雜的文件工作，闔上了資料夾，然後帶著等在一旁的奇諾與漢密斯到附近的休息區。

醫生請奇諾坐上長板凳，本來他也準備坐下來，但是又說會弄髒白色的醫師袍而作罷。於是奇諾便坐在停在旁邊的漢密斯上。

「嗯，你想說什麼呢？」

漢密斯問道。醫生輕輕微笑，並以稀鬆平常的語氣說道：

「其實今天早上死掉、剛剛被埋葬的那個人，是我殺死的。」

奇諾冷靜地問：

「這話是什麼意思？」

「意思就是，那個男人是我殺的。他在凌晨被送到中央醫院時，只是急性酒精中毒，我們也確定他意識不明。但是經過處理後，發現他是一名匿名者，所以就用藥物點滴的方式將他處死。當時我好緊張，畢竟這是我頭一次獨自做這種事。」

「我不懂你的意思耶，而且，什麼是『匿名者』？」

漢密斯問道。

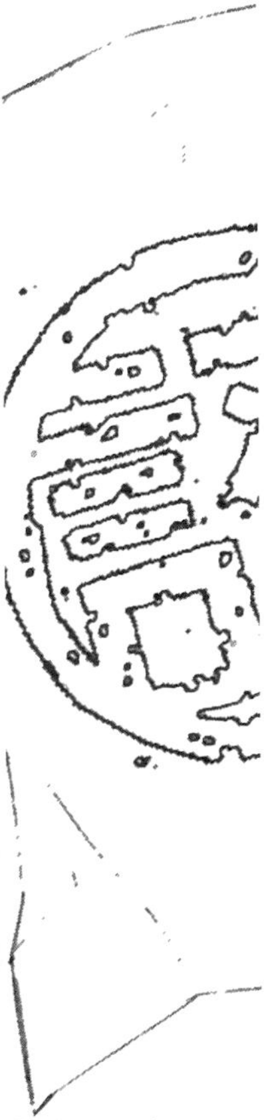

醫生說：

「啊，對不起……呃，『匿名者』是這個國家的醫療名詞，也就是『投票的時候名字沒被寫上，因此無法認同他繼續存在的人』。呃——請問妳瞭解投票的意義和它的歷史背景嗎？」

奇諾點點頭。然後說：

「不過，我聽說從第一次投票到現在，都還沒有任何人遭到處分。」

醫生語氣略帶嘲諷地說：

「那全都是騙人的。」

「……這麼說，還是有囉？」

醫生點點頭。

「沒錯。從大飢荒的第一次投票開始，就有不少匿名者了。而且是以希望除掉的小孩，或一無是處的老人為主。當時的國王據說是那種一旦決定就要徹底實行的人，不過可能是顧慮到公開處分不太妥當吧。要是被誤以為是恐怖政治，這樣對其他想追求幸福及有必要存在的國民並不太好。因此才想出這種不會對任何人造成心理負擔的私下處分方法。」

「具體上來說，究竟是怎麼做的？」

漢密斯問道。

「其實很簡單喲！啊，你們知道國王是醫生，還以中央醫院院長的身份管理所有醫生這件事嗎？」

醫生驕傲地說道。奇諾點點頭。

「我們醫生在醫院用各式各樣的手段執行死刑。當投票的結果一出來，那個人就會被列入名單上。然後在下一次投票前，找機會讓那個人來醫院或被送來醫院，並且想辦法將他處死。」

「原來如此。」「是這樣啊——」

「如果是因重傷或重病被送來，就任其死去。碰到不是那種狀況的人，就以隨便注射藥物或亂打點滴，再謊稱他病情突然告急的方式來做處分。最容易下手、使用頻率也最高的手段，應該就是車禍了，就算不是什麼嚴重的傷，我們也能毆打患者的頭部，然後說是腦出血。酒精中毒也是個簡單的方法。」

醫生繼續說：

「不過老實說，偶爾也是有一些不能大意的匿名者喲！也就是不曾受傷、生病的人。碰到這種情

況，不得已只好趁每年法律規定的定期健診時，用他其實並沒有罹患的疾病來做處分。」

奇諾問：

「這種事每年都會進行嗎？」

「是的，都已經變成傳統了。每年被處刑的人數約有12人左右呢。」

「事情從沒曝光過嗎？」

「是曾經有人懷疑過……但是意外死亡這種事很常見，況且再怎麼說，死者本來就是『不被任何人需要的人』，所以絕對不會有人因懷疑死因而追究到底。至於他的家人，基本上會誇張地痛哭流涕，其實內心搞不好正高興那個人終於死了呢！到隔天……不，等埋葬完了之後，就了無牽掛。不僅有保險金可拿，連埋葬費用也是由國家支付的。順帶一提，如果死者是死於車禍，加害者還會被視為協助處刑者，法院會做出對他有利的判決呢！」

「原來如此。」

醫生翻起手上的文件。

「呃——像這個人的情況……沒錯，果然去年跟前年都很少呢！可能是他最近變囉嗦的關係吧？他會成為本期第一個遭到處分的人，其實也很碰巧。因為他剛好被送到醫院，而且是擔任值日醫師的我負責執行。處理他這個案例真的不費吹灰之力。」

醫生闔上文件。然後吐了一大口氣說：

「不過實際執行時，我可是相當緊張的！因為擔心對方會在途中突然醒來。幸好一切順利結束，我也開了死亡診斷書，埋葬也結束了。感覺自己又多累積了一點醫生的經驗。所以才希望能找個人聊聊。」

醫生略帶羞澀地說道。

「知道這件事的只有醫生嗎？護士也知道嗎？」

奇諾問道，醫生點點頭說：

「只有醫生跟護士知道。畢竟我們都是從王立大學醫學院跟護校畢業的，也通過了國家資格考試呢！當我們通過考試謁見國王的時候，才初次被告知這整個真相。不過實際執行處分的只有醫生喲！」

「你頭一次知道這件事的時候，有何感想？」

「我覺得……很感動。當然也很驚訝，也有點受騙的感覺。但是我們被國王的信心喊話感動了。」

『各位，沒用的事物就是不需要的事物。對人類及國家而言，好好保持必要的事物，斷然處分不需要的事物是很重要的。而且你們有權利用自己卓越的技能，來執行這項重要的工作。』——天哪……那些話真的很讓人感動……」

醫生眼眶濕潤。看著奇諾激動地說：

「我曾想過，人類應該是一種與其他人共同存活的生物，所以一個人既然被判定沒有存在的必要，就表示他不能再生存下去。應該要接受處分。這是非常自然的事情。不僅不會浪費國家資源，也是真正的福祉政策。而能夠完成那種任務的，只有醫療相關人員。所以，我覺得從事這工作很有意義。」

奇諾沉默不語地聽醫生說著。

「處刑有沒有失敗過？」

一聽到漢密斯這麼問，醫生高聲回答：

「不可能失敗的！」

接著他語氣激動地說：

「醫生跟護士是絕不容許出差錯的！我們賭上專業的自尊，絕不容許任何失敗！如果人類會因為時間及狀況繁忙而出差錯，那利用多數人的知識跟經驗來彌補，就是人類的智慧。如果有人連這點都辦不到，那還不如立刻吊銷他的醫生執照。」

醫生又用嚴厲的語氣說：

「我非常希望能在治療及處刑兩方面多累積一些經驗。這樣我就能『確實拯救該救的人，處死該處刑的人』。我希望能早日成為獨當一面的醫生。」

「原來如此。嗯，還挺有趣的呢。」

漢密斯說道。醫生對自己剛剛有點激動感到不太好意思。

「謝謝妳們聽我說這些。因為這種事不能在國內公開說，所以現在我心情舒服多了。旅行者，妳要是有哪裡不舒服，隨時來醫院沒關係。我會負責幫妳治療的。而且無論手術多困難，或需要長期住院，即使病患是旅行者，都完全不收費哦。我保證會幫妳進行這國家最引以為傲的治療！」

醫生輕輕揮手道別，然後向城門走去。

奇諾推著漢密斯走出墓園，並發動了引擎，她看了石碑一眼，隨即騎車離去。

「……」

奇諾一語不發地騎著漢密斯走了一段路。她們走在一條滿是灌木的草原道路上。
不久漢密斯說：
「奇諾，我可以猜猜看妳現在在想什麼嗎？」
「嗯？好啊！」
奇諾說道。
「要是猜中了，算你厲害。」
她又補上一句。
漢密斯說：
「嗯——……在妳聽過那個醫生的話之後，我是根據自己過去的經驗猜的啦！」
他稍微裝模作樣一下之後說：
「『天哪，原來是免費啊……早知道就弄個沒什麼大礙的傷口，到醫院順便做個健康檢查說。可惜我討厭打針。』」
「…………」
奇諾沉默不語。摩托車則發出規律的引擎聲，若無其事地行進著。
「漢密斯……」

「嗯？」
奇諾面露不悅地表情說：
「正確答案，一字不差。」
漢密斯開心地說：
「看吧？」
然後馬上又大聲說：
「啊！話說回來……」
奇諾問他什麼事。
「妳把防寒手套賣了嗎？」
「賣了。」
奇諾點點頭。
「可是沒多久之前，妳不是還說過不希望現在戴的手套被弄壞，所以要用它來做撿柴火之類的粗

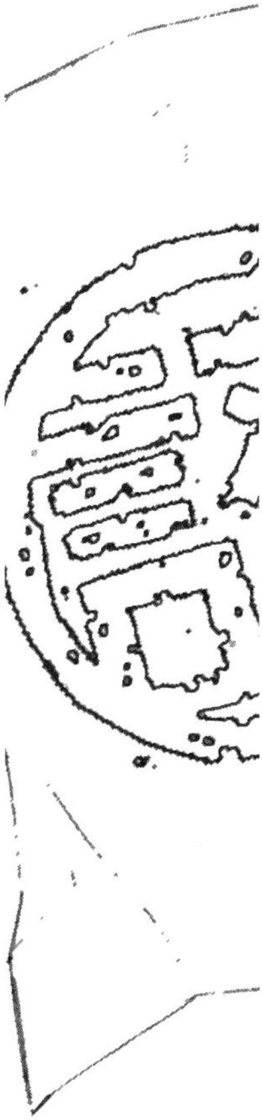

活，直到用破為止嗎？」
「…………」
奇諾突然緊急剎車。漢密斯的後輪在嚴重甩尾之後停了下來。
奇諾轉而面向剛剛走過的道路。地平線前方連城牆的影子都看不到。
「……我的確有說過。」
漢密斯以他一貫的語氣，對茫然望著道路的奇諾說：
「這真不像是妳會出的槌耶！」
「…………」
奇諾愁眉苦臉地輕輕搖頭。
「怎麼辦？要回去嗎？」
「根本就不可能。」
面對漢密斯的詢問，奇諾斬釘截鐵地回答。
「那手套怎麼辦？」
奇諾一面把視線和前輪轉往接下來要前進的方向，一面回答：
「總有一天、在某個地方，我會找別的手套來代替的。」

「說的也是。」

「我們走吧！」

奇諾話一說完，就駕著漢密斯繼續前進。

剎那間，空轉的後輪揚起沙塵，摩托車便揚長而去了。

「被認同之國」

—A Vote—

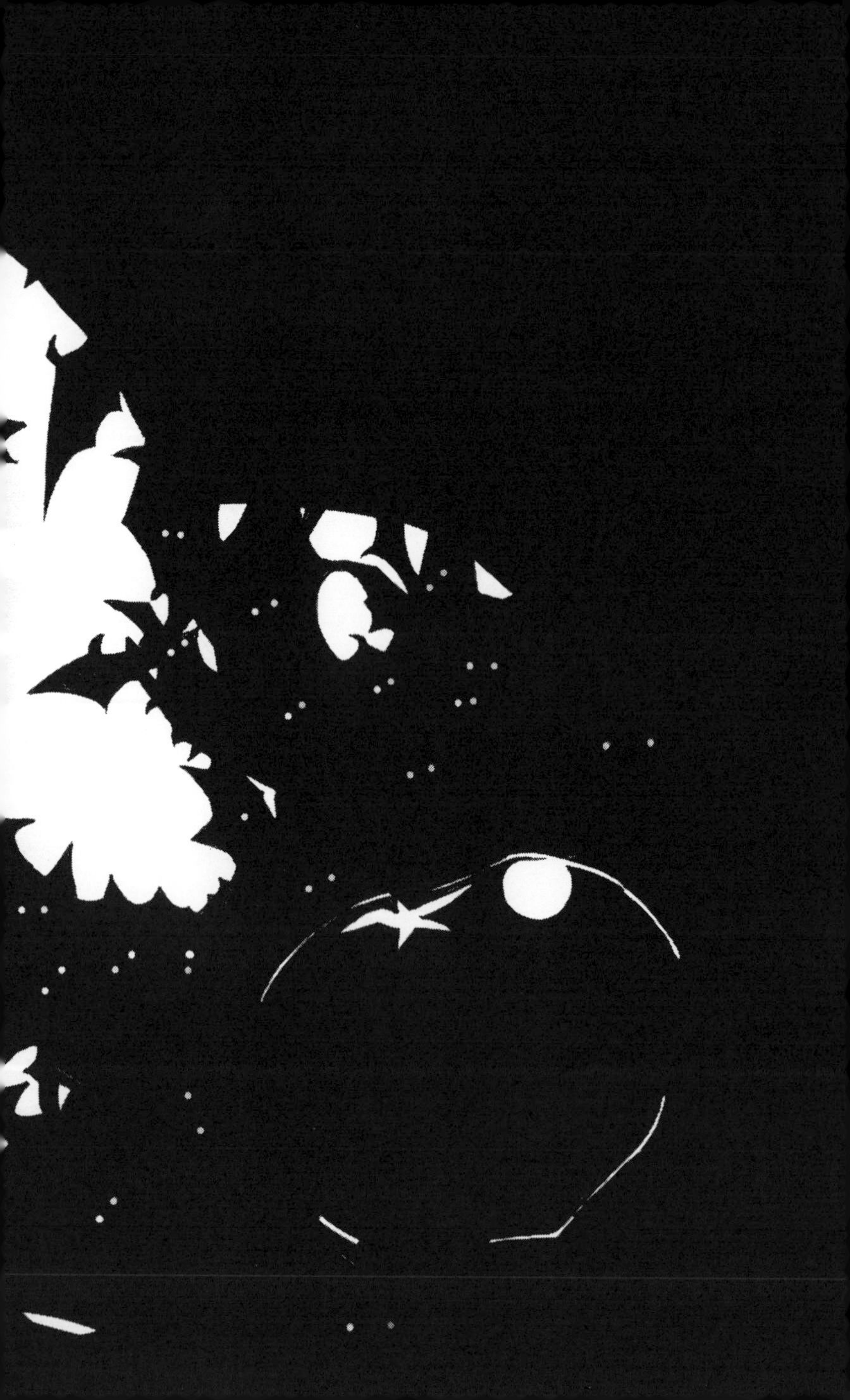

# 第九話
# 「被恐嚇的故事」
## —Bloodsuckers—

# 第九話「被恐嚇的故事」
## —Bloodsuckers—

我的名字叫陸，是一隻狗。

我有一身又白又長、蓬鬆柔軟的毛。雖然我看起來總是笑咪咪的，其實那並不代表我真的很開心。那只是天生的表情。

我的主人西茲少爺，是個總是穿綠色毛衣的青年，因為某個複雜的原因離開了故鄉，自此就開著越野車到處旅行。

之後，我就一直陪在西茲少爺身旁。

這是某天發生的事。

我們好不容易抵達了一個為高地森林所掩蓋的小國。

居民利用山谷和緩的斜坡經營酪農業。在谷底平坦的土地上，有一座隔著河川建造的城市。城牆是以石頭簡單堆砌而成的，看起來只像一堵用來圍住城市、圍住農地的高牆。

「這地方感覺好悠閒、好漂亮哦！」

坐在駕駛座上的西茲少爺開心地說道。他依舊是一身毛衣的打扮。

「規模好小哦，簡直像個農村。」

聽到我這麼說，西茲少爺用沉靜的口吻說：

「國家的規模不在於大或小，重要的是那裡的百姓是否過得滿足又幸福。」

西茲少爺瞇著眼睛繼續說：

「只是說，幸福並沒有既定的答案啦，或許只關乎一個人要些什麼，不要些什麼吧。」

「…………」

西茲少爺發現我直盯著他看，突然笑了一下。

「總之，過去看看吧！」

接著便啟動了越野車。

我們沿著斜坡往下走。

正在忙著農事的人們一看到越野車，剎那間露出了驚嚇的表情。西茲少爺下車之後，便朝他們走去，想和他們攀談。可是他們卻慌慌張張地跑回國內。過了一會兒，才有幾名男人走過來。

西茲少爺表明自己是名旅行者，希望能允許我們入境及停留。男人們詢問西茲少爺是否有攜帶武器。

西茲少爺拿出放在駕駛座旁邊的愛刀給他們看。他們問：「只有這個嗎？」西茲少爺點點頭。他們對西茲少爺說：「入境後就無法任意出門了，沒關係嗎？」西茲少爺再次點點頭，他們才允許我們入境。

他們規定越野車要藏在城門附近的某處大倉庫，並表示理由事後再說明。

西茲少爺藏好了越野車，再拿出黑色大布包，把刀子放進裡頭，接著便跟著嚮導走進了城門。

城裡到處是兩層樓高的房子，而且非常密集。街道看起來就像個迷宮似的。

西茲少爺一面說：「這些房子好古老、好稀奇哦」，一面開心地參觀。街道每走幾步就會碰到一個複雜的轉角。

「這裡好適合玩捉迷藏哦！」

他這麼一說，引來嚮導略帶訝異的眼光。

走了好一會兒，西茲少爺跟我被帶到一棟類似集會場所的房子。

那裡有幾名自稱是這個國家統治者的男人，及端茶的女人們。他們向我們問好，並請西茲少爺坐下。

基本上他們對訪客先表示歡迎之意，不過……

「你是旅行者嗎?該怎麼說呢……我們是很歡迎你的到來，只可惜你來的時機不對。」

其中一名男子面色凝重地說道。其他人也彷彿都沉浸在喪禮的氣氛當中。

「看你們好像有什麼問題似的……如果你們願意告訴我的話……」

西茲少爺說道。

他們互相看了一下，其中一人開口說道。

「其實這個國家一直受到盜賊的恐嚇!」

他們的說法如下。

「被恐嚇的故事」
—Bloodsuckers—

很久很久以前，這個國家沒有任何外患，人們都過著悠閒自在的生活。

國家很小，既沒有軍隊也沒有警察，只須要靠年輕的男人們擺平偶爾發生的爭執。

結果就在幾年前，突然來了一群騎馬的男人，這群人看來飢寒交迫，肆意妄為地宰殺他們的家畜果腹。

居民們當然表示抗議，結果對方臉色大變。他們自稱是盜賊，還開槍射殺了幾名阻止他們的男人。

盜賊們告訴惶恐的居民，往後每個月他們都會來這個國家，並下令要準備好糧食。如果敢違抗，就威脅要大肆破壞並毀滅這個國家。

「就算我們躲在城牆後面，他們也是賴在外面不走，害我們無法收取農作物。要是他們在河裡下毒的話，我們也活不成。既然他們要的只是糧食，大家最後協議的結論，就是鼓起勇氣做了這個痛苦的選擇。」

其中一名男子說道。

「原來如此。」

西茲少爺小聲說道。

從此以後，盜賊們每個月準時出現，沒有幹下任何壞事就把糧食帶走。

他們的出現讓過去原本綽綽有餘的存糧全化為烏有。要是農作物嚴重歉收，居民就只得餓肚子。因此現在所有的人，每天都得比過去花更多時間工作。

「這情況讓大家失去寧靜的生活，所以最近精神方面都很痛苦……」

其中一名男子說道。

「整件事的來龍去脈我已經很清楚了，謝謝你們告訴我這個令人難過的故事。」

西茲少爺如此說道，接著若有所思地停頓一會兒，然後又問：

「那些傢伙下次什麼時候來？」

「就是明天呀！我們早已經把糧食準備好了，不曉得這種日子還要持續到什麼時候……」

「他們的人數有多少？」

「一直都是二十幾個人。不過全都是男的，他們騎著馬，手持說服者……個個都是殺人不眨眼又殘酷！旅行者，你在旅途上也最好儘量避開他們，否則他們會搶走你的車子並殺了你的！」

西茲少爺小聲回答「是啊」。

「如果你在造訪這附近的國家時，願意把我們受苦受難的事情傳出去，將會幫我們很大一個忙。只是說……應該沒有國家會傻到為我們這種小國家出兵的。況且也得不到任何好處……其實我們也心知肚明，自己的問題必須自己解決。可是面對自己辦不到的事，我們也只能無可奈何。因此很遺憾，我們只好聽他們的話，用糧食來擺平事情。」

其中一名男人悲傷地說道，其他居民也一臉無奈地點頭表示贊同。

西茲少爺再次陷入沉思。

然後告訴沉浸在凝重氣氛裡的那些男人他還有個問題。

男人們問他是什麼問題。被大家投以注目眼光的西茲少爺露出笑容問：

「能不能再帶我參觀一下你們的城市？因為我很感興趣。」

在一名年輕男子的帶領下，西茲少爺比剛剛還要開心地詳細參觀這個城市。我們繞過一條條的街道，了解了這繁雜的道路系統後，便在同一處來回查看著。

「這個旅行者到底在做什麼？」婦女跟孩子們都滿臉不可思議地看著西茲少爺。至於我……

「是一隻狗——！好大的白狗哦——！」

則是被孩子們追著跑。

城門附近有一座廣場。居民在那裡堆放了許多箱子跟布袋。嚮導說：

「那些就是會被帶走的糧食。」

「好多哦，我能瞭解那麼多糧食被搶走所帶來的困擾。他們來的時候，你們這些居民都做些什麼呢？」

西茲少爺問道。

「因為怕被殺，所以大家都躲在家裡的地窖裡，沒有人敢在外面走動。況且要是婦孺讓他們帶走的話……雖然還沒發生過這種事啦！天哪，我真不敢再想像下去！」

嚮導邊搖頭邊回答。

「原來如此。」

西茲少爺小聲說道。

當天晚上。

西茲少爺跟我被分配到集會場所的一處小房間歇腳，雖然小房間裡只有一張床，但他們還招待我們一份簡單的晚餐。西茲少爺慎重地向他們道謝。

「是為了報答他們招待我們吃住嗎？」

我向在燈光下開始整理刀子的西茲少爺問道。

西茲少爺花了很多時間整理好之後，就把刀收回刀鞘裡。

「怎麼可能？我覺得這是很稀鬆平常的事。」

西茲少爺看著我說道。

「我只是路見不平拔刀相助而已。面對那種情況，做任何事情應該都不需要什麼大理由，況且那麼做或許也為了對方好呢！」

「我懂了。那方法呢？」

「我準備用『說服』的！」

西茲少爺簡短地說：

「我想這國家的居民並不會認同你的行動。你不覺得他們會怕你多管閒事而害他們全被殺嗎？」

我問道。

「我知道，所以這是我個人的行為……可是，我也還沒決定要做。」

「？」

西茲少爺看著我的臉，半開玩笑地說：

「如果無法『說服』對方，就馬上夾著尾巴閃人吧！」

接著他又淡淡地補上一句：

「因此我們也不能完全責怪這國家的居民，畢竟人總是有做得到跟做不到的、以及願意面對跟不願面對的事。」

我又問了他最後一個問題。

「你喜歡這個國家嗎？」

西茲少爺略帶微笑地說：

「應該吧。」

隔天。

全體居民一大早就躲在門窗緊閉的家中。天氣很好，街上卻不見半個人影。
雖然我們也被要求躲進地下室，但是並沒有照做，依舊待在房間裡。
西茲少爺穿著左腰有個洞的防水風衣，把開越野車時戴的防風眼鏡掛在脖子上。防風眼鏡的眼睛位置貼有一層薄膜，左右還附有捲軸。一旦被泥沙弄髒的時候，還可以把它往上捲，這樣就能很快地確保視線清晰。
西茲少爺拄著愛刀，隔著窗戶看著廣場。
那裡除了堆著裝有糧食的箱子，還綁著一頭山羊。然後位於前方的城門，則為了那群掠奪者而大開。
我躺在西茲少爺腳邊，靜靜地等待著。
到了中午時分，我們聽到馬匹奔跑的聲音。而且正往這個方向來。
「來了嗎？」
西茲少爺說道。我也爬了起來。
一群騎馬的男人穿過城門現身了。
他們從年輕的到壯年的都有，衣著骯髒但相當便於行動，還扛著長長的步槍式說服者。

他們毫無警戒地一一穿過城門，到了廣場就跨下馬背。原本就不寬敞的廣場隨即被馬匹和這些男人佔滿了。

看到戰利品的男人們歡聲雷動，並立刻開始把箱子綁在馬鞍上。

「應該有二十二個吧？」

西茲少爺說道。

「我想也是，而且全都是男的。」

「說服者幾乎都是步槍？和我預測的一模一樣，真是太好了！」

「然後呢？」

我問道。

「嗯！」

西茲少爺答道。

他戴上防風眼鏡，然後把刀透過外套插在腰帶上。

我在房子的陰影裡看著西茲少爺朝廣場走去。

西茲少爺穿著風衣帶了把刀，還戴著防風眼鏡的模樣，老實說還真有點奇怪。當盜賊發現他的時候，臉色也變了一下。有幾個人馬上拿下背上的說服者開始裝起子彈。

「你們好。」

西茲少爺慢慢走近，若無其事地打了聲招呼。其中一名沒動手搬東西、留有鬍子的中年盜賊，向伙伴輕輕揮手示意。只留下一名手持步槍式說服者的男子在他旁邊，至於其他人則回頭繼續裝運。

「喲，老兄！你好像不是這國家的人嘛！」

鬍鬚男說道。西茲少爺保持一段距離站在他們面前。

「是的，我是旅行者，昨天才剛到。」

「不管你知不知道，這就是我們謀生的方式！勸你別多管閒事，戴防風眼鏡的帶刀老兄！」

「我不會插手的。」

西茲少爺立刻回答，接著又補上一句：

「不過，可否把這次當做是最後一票？這國家的居民感到很困擾，我只想告訴你這些。」

「什麼？你是受這裡的人所託嗎？」

鬍鬚男問道。

「不，這純屬我個人的行為。」

「…………」

鬍鬚男驚訝地看著西茲少爺。

「老兄，你是活得不耐煩了吧！」

「是嗎？」

鬍鬚男頗不高興，語氣裡半是警告、半是威脅。

「有些人明知山有虎，偏向虎山行！真蠢！就我的經驗來說，那種傢伙最後都難逃一死！」

「我覺得你講的沒錯。對了，剛才的回答呢？」

西茲少爺一面說一面加點手勢，同時稍微挪動身子，不動聲色靠近那些傢伙半步。

「啥？」

「可否把這次當做是最後一票？」

他一面說，一面又往前推進半步。

鬍鬚男訝異得啞口無言，這次他揮動手指示意同伴對西茲少爺開槍。

「…………」

男人再次舉起說服者瞄準起來，準備近距離打穿西茲少爺的心臟。西茲少爺用左手拔出腰際的刀鞘後，馬上右手持刀，左手持刀鞘地拔出刀子。拔出的刀身正好把子彈斜角彈開。

西茲少爺往前走兩步，以自己的左肩撞擊開槍的男人，而出鞘的刀早已刺穿對方的心臟。他一面用左臂推倒男人，一面把刀拔出，接著順勢砍掉眼前的鬍鬚男的頭。就在鬍鬚男的頭顱滾落地面之前，西茲少爺又往站在後面的男人斜砍下去。所花的時間大約四秒。

噗咻噗咻噗咻的聲音不斷響起，而鮮血也在西茲少爺的四周大量噴出。雖然有些濺到了他身上，但防水風衣倒是發揮了功效。現在三個人全被擺平了。

幾名盜賊看到這個光景全僵住了。他們還搞不清楚究竟發生了什麼事。

「你、你、你、你！」

一個站在附近的人說道：

「你這個傢伙！」

未料這句好不容易擠出來的話成了他的遺言。他的肚子隨即被劈開。

西茲少爺以小跑步的方式衝進正在作業的人群之中，一路上他從最靠近自己的人先砍，而且還頗富節奏感呢！

第二個人原本站在第一個人右斜前方，這下喉頭被刀尖劃開。第三個人的胸部被剖出一道一字形。第四個人正把箱子往上抬，他的雙手跟頭都被砍掉。結果箱子直直往下落，撞到那男人的肩膀。

西茲少爺邊跑邊轉身，一鼓作氣砍了第五個人。

當那個人的上半身滾落地面時，西茲少爺已經穿過廣場躲進屋舍旁邊。一個反應較快的人開了槍，可是當然不可能打中早已不見人影的西茲少爺。

廣場上躺著八具屍體，或者應該說是「在一瞬間變成了屍體的人」。其餘的盜賊們則紛紛大喊：

「可惡！」「殺了他！」「快追！」「王八蛋！」「開什麼玩笑！」「混帳東西！」「宰了他！」

我翻身到屋舍後頭，繞過廣場跑進巷子尋找西茲少爺，很快就找到埋伏在狹長巷子裡的他。

正當我準備靠近他時，西茲少爺輕輕揮手示意，要我退到旁邊。

這時有支說服者的槍管從巷口轉角探出來。西茲少爺用左手一拉，一個男人連帶被拉了過來，隨即被刀尖刺穿喉嚨。雖然那個人同時也開了槍，不過子彈卻往後方飛了過去，打穿了屋舍的牆壁。

「幹掉他了嗎？」

轉角後面傳來盜賊的聲音。西茲少爺回答說：

「對。」

西茲少爺把探出頭來的男人拖過來，並在把他打倒後衝了出去，再度從我的視野消失。

「噗！」

「王八蛋……噗！」

我聽到有兩個人發出聲音。後來只見西茲少爺一面甩掉刀身上的血，一面走回來。

他一走近我便問道：

「在這裡擺平了三個人，還剩下一半的人數嗎？」

我點點頭。

西茲少爺在小巷間無聲無息地跑著，我也追上去。

然後在這條巷子跟另一條略寬的巷弄交叉口停了下來。這時聽到廣場那頭有人說：
「有人開槍了！」
「幹掉他了嗎？」
我壓低鼻子窺探狀況，有三個人蹲低了身子托著說服者往這邊走來。
我告知來者的人數。伺機而動的西茲少爺看準時機後，輕輕戳了一下我的後腳。
我衝了出去。
「哇！」
男人嚇得舉起說服者瞄準我，我則是往反方向跳開。
「媽的，是隻狗！」
「差點被牠嚇死！」
男人們更加接近。然後西茲少爺衝出來，在他跟最前面的男人擦身而過時順手砍了他。只見那男人還沒來得及反應，鮮血已經從他的頭上噴了出來。而緊跟在他後頭的男人則被西茲少爺的左肘

打中下巴。西茲少爺以這個姿勢前後移動握著刀子的右手，並刺穿男人的側腹部。

「王八蛋！」

跟在最後面的男人舉起說服者瞄準西茲少爺。西茲少爺用左手壓倒這個「即將變成屍體」的男人。

男人伸出雙手開槍，只可惜距離太近了。西茲少爺往右前方跨出一步，輕鬆地閃過子彈，接著只見他輕輕由下往上一揮，那男人的兩隻手腕連同說服者就掉落在自己面前。

「啊？」

男人看著自己被砍斷的手，此刻竟不可思議地配合著心臟跳動的節奏冒出鮮血。西茲少爺用左手抓住他的胸口，拖著他退到我所在的轉角。

「呀？呀？呀？」

被拖著走的男人像在玩小沙包似的，不斷啪噠啪噠地揮舞著雙手。這時從他們兩人的雙腳之間，出現了一個在遠處瞄準西茲少爺的黑影。

咻！砰砰！

子彈發出劃破空氣的爆裂聲，緊接著就聽到頭顱炸開的聲音。西茲少爺剛剛抓著的男人，頭已經去掉一半。本來只是想拉住他，想不到卻讓他成了替死鬼。西茲少爺放開那傢伙之後，再度回到我所在的轉角。沒多久，數發子彈在牆壁上炸開。

「還有八個！」

西茲少爺小跑步地跑進巷子裡。途中還拉一下防風眼鏡的繩子，好確保被血弄髒的視野清晰可見，順道擦掉沾在臉頰的腦漿。

西茲少爺以及尾隨在後的我，來到了巷子裡每走幾步就會碰到複雜轉角之處。西茲少爺故意揮動風衣，讓血跡到處散落，接著又在同一個地方來回踱步。

然後他背靠在轉角屋舍的牆壁上，靜靜地等待。

過沒多久，隔著牆聽到了有人講話的聲音。

「喂，讓他跑了！老大被殺了耶！」

「怎麼能讓他為所欲為？一定要宰了那傢伙！」

「可是……」

「別囉嗦！」

兩個男人大聲嚷嚷地走了過來。

西茲少爺一語不發地等待著，只聽到腳步聲越來越近。

他們被血跡吸引，往附近三叉路的反方向走去，接著西茲少爺衝了出去，確認一下那兩人剛剛走進哪條巷子，然後便從後面追了上去，我也跟在他後頭追。

我們拐了兩個彎，終於追上他們。西茲少爺緊跟在那兩人後面，彷彿三個人都是同夥。

西茲少爺悄悄從後面用左手捂住他前面那個人的嘴巴，並刺穿他的側腹。

放開安靜死去的男人之後，第二個人也遭到幾乎相同的下場。

「還有六個！」

西茲少爺穿過這適合玩捉迷藏的巷弄，一面快速確認左右的狀況，一面跑到街上。

這時他突然停了下來，害我差點撞上他。

我們聽到有人焦躁地嚷嚷著，還伴隨著快步跑來的腳步聲。

「可惡，又是死路！」

「這邊！」

西茲少爺往聲音傳來的方向跑去。只見兩個男人朝廣場跑去。這時西茲少爺故意現身，在那兩個人的後面大喊：

「不玩了嗎？」

「混、混帳東西！」

嚇了一跳回頭張望的其中一人開了槍。第一發根本沒瞄準。第二發就似乎有瞄準了，只是西茲少爺彷彿在嘲弄他似地直往後退。

西茲少爺作勢要我在這裡等著，然後就消失在巷弄裡。

我看到開槍的男人舉著說服者正準備往這邊來。不過他後面那個人拉住他的肩膀阻止他。

「別追了！」

「可是！」

「你還不明白嗎？我們不能在這裡跟他槓上！先撤退再說吧！」

他後面那個人比較冷靜。面對熟悉構造繁雜的巷弄，且能不動聲色殺人的西茲少爺，手持長型說服者的他們不管到哪兒都很不利。

正當這顆冷靜的腦袋如此考量時，繞到後巷的西茲少爺衝出來把他砍了下來。

原先大呼小叫的男人，則被眼前大量的鮮血嚇得心臟麻痺。

「還有四個啊？」

「他們不在這附近。」

我一面跟在西茲少爺後面跑一面回答。

「要是讓他們跑了，事情就麻煩了！」

西茲少爺往那群男人進城的城門跑去，然後躲進距離城門最近的屋舍陰影裡窺伺廣場。

到處躺著屍體和佇立著馬匹的廣場裡還留有四個人。其中三個正在把糧食拼命往馬的身上堆，還貪婪地想把山羊一併帶走。

其中一人怒吼道：

「喂！你們想自己逃走嗎？」

而且準備把旁邊的男人從馬背上拉下來。

「你很煩耶！」

那人被對方拔出的說服者擊中，胸部挨了兩顆子彈。

「還有三個！」

西茲少爺說道。

其他男人策馬朝城門奔去。
發現他們準備從自己旁邊通過的西茲少爺往後退了幾步。然後朝房子跑過去。
「喲！」
爬上牆壁後，在一瞬間取得高度優勢的西茲少爺，把右手往旁邊伸直。刀子掠過馬耳，命中騎士的喉嚨，直接從另一邊刺穿出來。
西茲少爺著地之後，只見無頭騎士騎著馬又跑了一小段。當馬兒一停下來，那人也隨之往後倒下。
「還有兩個！」
西茲少爺從轉角緩緩走出來說道。
那「兩個」把糧食堆好後，正準備跨上馬背。可是一看到伙伴飛過來的頭顱，又看到出現在眼前的西茲少爺，便停下動作。
西茲少爺像在散步似的朝廣場走去。我也隔了點距離跟在後面。

「去、去死吧！」

開槍擊斃伙伴的男人舉起說服者瞄準西茲少爺。西茲少爺看著他，男人開槍了。

前兩發沒有命中，第三發瞄準肩膀，第四發瞄準側腹部的位置。不過全讓西茲少爺用刀身擋開了。

西茲少爺繼續靠近，男人一臉驚愕地不斷扣扳機。

卡嚓！卡嚓！卡嚓！

「咿！」

男人把彈倉從旁邊退出來，丟掉裡面的空彈殼。再從腰際的皮帶取出嵌有子彈的裝填器。然而，

「咿！」

他卻因為兩手發抖而無法把子彈裝上。只聽到他的手和牙齒都因顫抖而「卡滋卡滋卡滋卡滋」作響。

西茲少爺的腳步聲再度靠近。

「咿！咿！——啊！」

看來他不必再白費力氣了，因為子彈從裝填器散落到了地上。

「哇啊啊！」

男人把左輪槍擲了出來，但只見槍飛到一個空無一人的地方，接著就——咚——的一聲掉了下來。他這才發現眼前並沒有西茲少爺的身影。

男人的眼睛可笑地瞪得大大的，有一瞬間還跟我四目相接。同時，在他後頭同樣嚇得僵住的男人，喉嚨冒著鮮血倒了下去。

「喂。」

「媽呀！」

刀身從背後抵在那男人的右肩。

西茲少爺逼問道：

「你們還有其他黨羽嗎？」

男人直立不動，坦白回答說：

「沒沒沒沒沒沒沒沒、沒有！」

「如果你們失蹤，有沒有會到處尋找你們的組織或國家？」

「沒有！」

「你們並沒有接受正規的戰鬥訓練，為什麼要當盜賊呢？」

「因因因、因為這樣比較輕鬆啊！不、不是啦，我們過去都是農民……只、只是覺得認真工作很辛苦……而且又被自己的國家趕出來……」

「所以你們就恐嚇這種小國家？」

「是、是的，你也知道討生活並不輕鬆嘛！」

「……嗯，你說的一點也沒錯。」

男人可能是高興西茲少爺同意自己的說法，就抬頭看著他，接著面帶僵硬的笑容說道：

「對、對吧？」

西茲少爺露出和靄的微笑。

「不過一切也到此為止了。」

而且邊說邊移動著他的手。

「什麼？」

這是男人說的最後一句話。

他的頭顱依舊帶著僵硬的笑容滾落到了地上。

西茲少爺安撫失去主人的馬匹，並將牠們繫在一塊。他拿下防風眼鏡把臉擦乾淨，還脫下風衣把它捲起來。再跟防風眼鏡一起找個沒染到血的地方擺好。

「西茲少爺。」

我向他說道。

「嗯？」

「幹得很好。」

「少挖苦我了。」

西茲少爺苦笑著搖搖頭：

「殺人沒什麼好得意的，不是什麼值得讚賞或誇耀的事。」

過了很久，居民們才戰戰兢兢地走出家門。
西茲少爺把刀擦乾淨，收進了刀鞘裡，然後悠哉地坐在廣場等他們。
大街小巷間，不時傳出被屍體驚嚇到的慘叫聲。
由於廣場中央被屍體染得一片血紅，大多數的居民只好聚集在廣場邊緣。當然，並沒有任何小孩子在場。
人們從遠處以驚訝的目光看著西茲少爺。
「……旅行者，這是你幹的嗎？就靠一把劍？」
其中一名男子說道。西茲少爺站起來說：
「是的。」
「全、全都是你殺的……？」
另一名男子問道。
西茲少爺不帶一絲悲或喜，只是面無表情地應答。
「全都是我殺的，一共二十二個人，他們沒有其他黨羽，往後你們也不必再為他們準備糧食，可以恢復以往的生活了！」
聽到這句話，人們臉上露出了安心的表情。

但也只有一下子而已。不久他們看西茲少爺的眼神，變得跟昨天不一樣了。男人們交頭接耳地小聲談論。

西茲少爺大概知道結果是什麼了，他輕輕閉上眼睛一會兒。

「幹得太過火了……」

其中一名男子用責難的語氣說道。

「沒錯，無論從什麼角度來看，都覺得太過份！實在太殘忍！」

另一個男人說道。

「也沒必要……像這樣把他們殺了吧？而且還沒留半個活口，大家說是不是？」

男人一大聲咆哮，人們便帶著兇神惡煞般的表情回答「沒錯」。頓時所有人都從遠處以憤怒又冷漠的目光看著西茲少爺。

一名男子往前走了幾步。

「旅行者，你知道自己幹了什麼嗎？」

男人說道。

「你是個殺人兇手！」

「…………」

西茲少爺沉默不語，只是聽著對方說話。

「不管是什麼理由，我們……這個國家的人們都不會傷人、更別說殺人了。因為那麼做是不對的，是絕不能做的。大家說對不對？」

人們發出比剛才還要洪亮的肯定聲。

「旅行者，我們跟你不同，一點也無法認同暴力。我們不記得曾拜託你殺這麼多人。」

「沒錯，這是我個人的行為。」

西茲少爺看著那些鄙視他的人們，嚴肅地說道。

「旅行者，我們不希望你這種人留在我們國家，請你馬上離開，這是我們全體的決定。」

男人代表居民說道。

西茲少爺輕輕點點頭並說：

「我知道了。——可以請哪位幫忙拿我的提袋過來嗎？就放在集會場裡。」

提袋很快就被送到西茲少爺面前。

西茲少爺向他們道謝之後，就把提袋裡的外套跟防風眼鏡穿戴上。然後把刀插上腰際，把提袋拿在手上。

「不好意思，這些屍體就麻煩你們清理了。至於說服者跟馬匹等等，都還能夠使用。那些全都是你們的了。」

西茲少爺說完這些話，卻沒有半個人回應。西茲少爺對著在場那些冷漠的眼神，彬彬有禮地道了個謝。

「謝謝你們讓我在這裡過夜，那麼我告辭了。」

「陸，我們走吧！」

西茲少爺往敞開的城門走去。

我則跟在他後頭。

西茲少爺的越野車行駛在森林小徑上，速度比平常要來得慢。從樹葉間隙灑下來的陽光，時而

照在越野車上。

現在就算回頭望，那個小國家也已經消失在樹林跟山谷的另一端。

坐在副駕駛座上的我問：

「你會覺得很遺憾嗎？」

西茲少爺搖搖頭。他握方向盤時的表情，就我所看到的，還是跟以前一樣。

「畢竟那裡是他們的國家，他們只是順從自己的選擇。」

西茲少爺說道，接著又補上一句：

「而且他們不再需要我，我覺得那樣就夠了。」

「遭到恐嚇啊……」

我如此說道。

「嗯，真是一群堅強的人。」

西茲少爺點點頭。

然後我又問了他最後一個問題。

「你喜歡那個國家嗎？」

西茲少爺略帶微笑地回答：「這個嘛……」

第十話
「橋之國」
—Their Line—

# 第十話「橋之國」

## —Their Line—

一輛摩托車在沙灘上奔馳。

那是一輛後輪兩側及上頭都載滿行李的摩托車。因為行進路線是岸邊比較緊實的沙地，所以在一路上留下往北方的淺淺輪胎痕。

左邊是風平浪靜、一望無際的湛藍海洋，右邊是綿延著好幾千萬座沙丘的廣大沙漠，那兒是個水與沙的世界。

摩托車騎士穿著黑色夾克，腰際繫著寬皮帶，右腿上懸掛著掌中說服者的槍套，裡面插著一把大口徑的左輪槍。

摩托車騎士戴著有帽沿跟耳罩的帽子，還戴著銀框的防風眼鏡。是個年約十五歲，或許還稍微大一點的年輕人。

突然間，騎士敲敲摩托車的油箱，並指著他們前進的方向。

從這裡依稀可見一道白線如熱氣般漂浮在遠方的藍色海面上。隨著距離的拉近，才發現那道線有一條條支柱，原來是一座橋。

而且是一座很大的橋。

許多根橋墩有規則性地從海底向上排列，拱形的橋面是以白色石頭堆砌而成的，寬敞的橋面足可供大型車輛雙向通行，至於橋跟水面的距離，大約是人可以跳下去的高度。

這座橋突然出現在沙漠裡，筆直地往西延伸，然後消失在水平線的另一端。

摩托車來到了橋邊，騎士下了車後抬頭往上看。

這時騎士跟摩托車交談了一下。

看來這就是我們要找的橋了。只要過了這座橋，就能不花一毛過路費到隔壁大陸去。

騎士開心地說道。

摩托車則直呼不可思議。為什麼在這個杳無人煙的地方，會有一座這麼宏偉的橋？而且如此大量的白色石頭建材，又是從什麼地方搬過來的？

騎士告訴他，告訴她們這座橋的旅行者也沒有人知道答案。她又補上一句：「就算不曉得也無所謂，重要的是我們找到了這座橋」。摩托車也同意她的說法。

摩托車問今天走得完這座橋嗎？騎士老實回答就距離來說是不可能的。還說今晚將會在橋上露宿，預定在明天走完這座橋。

於是騎士發動了摩托車，開始上橋。

橋面的石子路是以小石子規則地舖設而成，表面磨得很平滑，摩托車可平穩地在上面行駛，道路兩旁則圍著雕刻精緻的石欄杆。

上了橋沒多久，四周變得只看得見海洋，白色的大橋劃過閃閃發亮的湛藍水面，橋的另一端則隨水平線消失在大地另一頭。

摩托車引擎聲則在海上隆隆作響，一路往西前進。

不久，夕陽悄悄西下，當落日把橋跟水面映照成金黃色的時候，騎士停下了摩托車。

夜晚降臨，大海在黑暗中更顯靜謐。天上繁星熠熠生輝，亮到彷彿要將地面的萬物悉數擠扁。騎士還唸唸有詞地嫌它們太亮了。

然後就裹著毛毯在橋上睡著了。

隔天。

騎士隨著黎明醒來，此時天空呈現淡紫色。

在做過緩和的運動後，便將吊在右腿上的說服者取下，進行例行的保養與練習。然後以攜帶糧食當早餐，取下綁在行李上的鐵罐喝了水，再幫摩托車補給燃料。

當太陽升起，只見萬里無雲的天空跟風平浪靜的海洋融合成一片蔚藍。騎士敲醒摩托車之後，繼續往西前進。

中午時分。

摩托車突然大喊「停車」。

騎士連忙剎車，她們就在大海的正中央停了下來。

摩托車說好像看到了什麼東西。於是騎士把摩托車調頭，往回折返到摩托車說的地方。

摩托車叫騎士仔細看眼前的一根欄杆，只見它的形狀跟其他欄杆一模一樣。騎士訝異地問，這根欄杆有什麼不對勁嗎？

「橋之國」
—Their Line—

摩托車說那欄杆上好像有刻什麼字。於是騎士從摩托車下來，開始研究那根欄杆，並且拿下手套直接觸摸它。

騎士說雖然確定上面有字，但因為多處已經風化，沒辦法將上面的文章唸出來。摩托車則提議讓他來唸，還說接下來的欄杆上也刻了一大串文字。

騎士考慮了一下，然後說她們不能浪費太多時間，將視文章的內容再做決定。如果她覺得沒興趣就立刻出發。

摩托車表示瞭解，便開始唸起第一根欄杆上的文章。

『我們必須完成我們的義務。我們要在這裡架橋。再像這樣把我們做過的事刻在欄杆上，好讓往後通過這座橋的人知道。』騎士立刻關掉摩托車的引擎。剎那間，四周顯得無聲無息。

騎士推著摩托車走到下一根欄杆前面，並告訴摩托車要用這種方式把全部文章繼續唸下去。

摩托車說瞭解了，便繼續唸起那些快消失的文字——

『我們居住在這座橋的東側海岸，那裡原本有城牆，也有國家。至於為什麼我們會在這片盡是沙漠的不毛之地定居，由於年代久遠，已經不可考了。而我們也毫不在意，照常吃魚、唱歌、跳舞，

享受人生的樂趣。』

『這國家附近有許多我們稱之為金字塔的巨大建築物。我們不知道這些白色石頭堆砌而成的東西究竟是誰、為了什麼目的而建造的，但是，再也沒有比它們更方便的東西了。因為我們取出那裡的石頭來建造自己的家、道路，並修補城牆。』

『有一天，我們的伙伴在海底發現了一個東西，於是大家合力把它拉上來。那是一個類似大型金庫的東西，我們花了好大的工夫才把它打開，結果裡面放了一大堆的文件，讓原以為是什麼價值連城的寶物的我們非常氣餒。』

『可是經由那些文件，我們找到了長久以來想要找的答案。為什麼我們會在這裡？我們必須做些什麼？過去我們祖先曾做過些什麼？往後我們又該做些什麼？』

『其中一份文件是造橋的企劃案。要在眼前的海峽豎立許多橋墩，堆砌石頭，讓美麗的拱橋往水平線延伸到對岸的大陸。那是一項壯觀的計劃，難怪會需要如此大量的設計圖。』

『其中一份文件裡註明了兩項事實。一是必須要有足夠的建橋用石材、以及在預定的海岸上建造。另一項是將大批關在監獄裡的犯人遷到這附近，讓他們執行這重要的建設工程。在橋完成後，就免去他們所有人的刑責，讓他們返回自己的國家。

『至於先前的四個問題的答案如下，我們是肩負一項使命來到這裡的，那就是要造橋。但是我們卻忽視那項使命並隱瞞事實，只曉得吃魚、唱歌、跳舞，及享受人生。然後——』

『我們必須做的事情只有一個。就是「照企劃造橋」，全體國民也一致同意。反正我們有詳細的設計圖，也有必須的建材，人數也比過去多，也沒有什麼不去做或無法完成的理由。』

『工人們在橋完成後，若是有人來迎接，就視個人決定是要回去原先的國家，或是繼續留下來。於是我們充滿了希望，開始進行我們該做的事。為了達成我們待在這裡的理由，便開始著手造橋。』

『工程緩慢但確實地進行。我們照設計圖在橋墩使用能浮在水面、又能下沉的石頭。那些石頭就是從金字塔裡取來的。我們讓石頭漂浮到指定的地點，然後打洞讓它下沉，再一個個堆砌起來。當我們在完成的地基灌進沙子後，便完成了堅固的橋墩。每完成一根橋墩，我們就高興無比。接著我們在上面鋪設石頭，慢慢加長橋面。』

『有人善於潛水，負責在海裡組合橋墩；有人負責把石頭從海岸搬運過來；力氣大的人負責鋪設石頭；擁有技術的人則負責把表面修整得又平又美；有人可以比過去更輕而易舉地在橋上抓魚；有人負責調理抓到的魚。大家分工合作，有時候還輪班，我們的生活就這樣繼續著。每天都過得很充實，感覺也很棒。』

摩托車唸到這裡，騎士語帶佩服地說「原來如此」。她摸摸腳下的石板，敲敲前方的欄杆，低頭看看附近的橋墩。

摩托車問她要不要繼續唸下去？還是說謎題已經解開了，要準備出發呢？

騎士說她還想知道這個國家為什麼會消失不見？然後怎麼都沒看到造橋的那些人？還是他們全都撤回了自己的祖國？

摩托車說瞭解了，於是又繼續唸下去——

『當開始造橋時誕生的孩子開始投入工作時，我們發現了一件事。雖然我們根據藍圖造橋，但是石材剩餘的數量已經不多，而且到最後已經不夠用了。我們馬上找出癥結所在：因為過去把石材全用在修補屋舍與城牆上了。我們再次對自己的愚蠢感到羞恥，也害怕橋會無法完成。』

『眼前解決的方法只有一個：就是拆掉我們居住的房屋，把能用的石頭拿來用。由於加工石頭需要耗費很多時間，導致作業效率降低。失去住處的人，不得已只好跟別人一起住。但是為了把橋完成，也沒什麼好惋惜的。』

『到了我們沒有房屋可拆時，只好開始拆城牆。為了不浪費石塊，我們小心翼翼地把石塊拆下來。雖然這國家本來就沒有任何外敵，不過現在卻變成了一片沙地。我們先以城牆為家，然後才在橋上建造棲身之處。接著一面住在橋上，一面延伸橋面。』

『不知不覺中，原有的城牆跟房屋全都被拆光，國土也恢復成過去的沙漠。我們還是毫不在乎，依舊緩慢但確實地進行自己該做的事。橋不斷地加長，可是，哪天石材會不夠用的憂慮卻總是揮之不去。』

『然後，我們終於在前方看到水平線以外的景物。映入我們眼簾的，是海峽對岸的沙漠。當時我們心中的喜悅，根本無法以筆墨形容。』

『當橋墩用的石材用盡時，最後一根橋墩也完成了。我們已經認定計劃將毫無疑問地達成。石頭應該剛好夠用。我們把房子依次拆掉，並使用那些石材。我們睡在橋上，即使身體出問題的人不斷增加，也沒有打消我們造橋的念頭。』

『我們知道當全部的石頭用盡的時候，就可以知道橋究竟會不會完成。』

『橋完成了，但是有一部份並沒算進來。那是幾乎在橋的正中央，也是最後一棟房子所在的地方。我們從那裡取出造橋所需的石頭，也在這時候頭一次發現自己犯了一個非常愚蠢的差錯：那裡並沒有橋面，只有粗糙的石頭露出的長型坑洞。』

『那個又長又大的坑洞讓橋變得無法使用。如果要把它填平，照計劃把橋完成，則需要更多的石頭。問題是在這一望無際的沙漠裡，要上哪兒找多餘的石頭?而且也沒辦法從橋的其他部份拆石頭下來。』

『我們試了許多方法。譬如把沙凝固成磚塊。但是卻無法凝固。也試著用大量泥沙填補坑洞，然後加水進去。可是人一站上去就往下沉。我們也考慮過到遠處搬運石頭，但那是不可能的事。』

『此時我們感到束手無策，並對自己的愚蠢感到懊悔。材料本來夠用，但是我們卻把它們浪費在住家跟城牆上。我們錯了，眼前無法填補的坑洞完全擊敗了我們。』

『只差一點點了，要是能把這個坑洞填平，橋就完成了。我們急需堅硬並能代替石板的材料。經過不斷地煩惱跟苦思，我們終於找到了很棒的解決方法。仔細想想還真簡單，打從一開始我們就有填補坑洞的材料。』

『我們先從我們之中挑選出體弱的老人跟女人，並把他們都殺了。再削掉屍體上的肉。這樣我們就有大量的堅硬白骨。這些正是用來填補坑洞的最後材料。我們挑選出大小相同的骨頭並緊密排列，避免露出任何縫隙。』

『坑洞慢慢填補起來。接下來我們就殺掉所有孩童，以得取他們的骨頭。小孩的骨頭又小又脆弱，有些根本經不起踩踏，所以工程進展不是很順利。不過拿他們的肉來捕魚倒是很好用。』

『最後我們決定開始照順序殺男人。況且男人的骨頭又大又硬。看到坑洞越來越小，我們打從心底覺得高興。我們把手腳的骨頭跟肋骨組合排列，縫隙則是用碎裂的頭骨填起來。一切都進行得非常順利了。』

『最後坑洞全填平了。雖然除了我以外沒有其他人了，但這沒什麼好擔心的，剩下的工作就算只有我一個也做得來。因為剩下的工作只要把脊椎骨排好，再把表面加工成像石板那樣就行了。沒錯，橋完成了。所以我要留在這裡。也就是說──』

騎士問「也就是說」的下文呢？摩托車告訴她文章到此結束了。然後感慨地說雖然不曉得最後一個人的下落，但他應該就在這裡吧。

騎士問他這話是什麼意思？摩托車則是叫騎士看看腳底。從前面一點的地方，石板的構造變得有些奇怪。騎士蹲下來仔細觀察，結果發出了訝異的感嘆聲。

原來那裡都是用人類的脊椎骨堆成的。形狀完整的脊椎骨，彷彿呈某種圖案整齊排列。在顏色有些不同的部份，是以細小的骨頭填滿而成的，表面也被加工得更平順。

騎士抬起頭來，看到骨頭堆成的部分延續一段距離之後，就又變回原先的石頭了。

站在這道藍色世界的白線上，騎士沉思了一會兒。她一面遙望前方，一面思考了一陣。

然後回頭告訴摩托車今晚要在這裡過夜。

摩托車訝異地詢問原因。騎士只是簡短地回答：這是常有的事。

騎士把納悶不已的摩托車用腳架立穩。再卸下後輪載貨架上的行李。

「對了，今天就悠哉地釣個魚！偶爾也吃一點魚吧！」騎士話一說完，就去翻後輪旁邊的箱子，然後從裡面拿出針線。

妳不是有釣竿？摩托車說道。

騎士打開大包包，將放在上層的步槍式說服者分解後綁在一塊。騎士一把它拿出來，就把前後

零件插好，並用螺栓固定住。然後在槍托前端裝上繫了鉛錘跟綁上針的絲線，最後還掛了個鈴鐺。

摩托車說要是師父看到了，一定會嘆氣的。

騎士把攜帶糧食撕碎，適當地弄成魚餌大小，把線垂下後，便在欄杆前坐下。她把帽子摘下來，悠閒地眺望天空。然後慢慢地伸個大懶腰。

摩托車問：這樣釣得到魚嗎？

騎士則回答：不知道。

在藍色大海中，有一道無限延伸的筆直白線。

那是一座雄偉的跨海大橋。上頭停著一輛摩托車。旁邊有個人正拿著步槍釣魚。

從他們所在的位置算起，有一段橋面的石板跟其他地方的不大一樣。

那顏色有點不同的圖案從上面俯瞰，竟然是一行巨型文字。

文章的結尾就在那上頭：

『我們成功達成目標了。』

第十一話
「塔之國」
—Free Lance—

# 第十一話「塔之國」—Free Lance—

the Beautiful World

有個旅行者名叫奇諾。她雖然很年輕，卻是個幾近無敵的說服者高手。

跟奇諾一起旅行的伙伴是一台名叫漢密斯的摩托車。後方的座椅已經改裝成載貨架，上頭還堆滿了行李。由於奇諾是個旅行者，所以造訪過各式各樣的國家。

某天，奇諾跟漢密斯看到她們前方的森林後頭有一座高塔。因為它非常高，從遠方看來，活像一條從雲層往地面延伸的線。

奇諾她們一抵達目的地，看到那裡照例有座把整個國家團團圍住的城牆，但裡頭矗立的卻是一座以大型磚瓦興建中的塔。

入境之後，發現高塔四周總是有很多人在拼命工作。

「歡迎光臨，旅行者！歡迎妳自由參觀！」

這國家的人民如此說道。

「好雄偉的塔哦，方便的話，可否告訴我這座塔是從什麼時候開始興建的嗎？還有，為什麼要建造它呢？」

奇諾向他們問好之後問道。

「這座塔已經蓋了兩百三十年了。至於為什麼要建造它，其實我們也不知道。」

人民回答得很乾脆。接著又繼續說：

「因為這國家打從發明文字前的遠古時代就開始興建這座塔，至於理由是什麼已經無所謂了。建造這座塔就是我們活下去的目標。」

隔天，奇諾隨著黎明醒來。

到了日正當中的時候，她依舊把愛睡懶覺的漢密斯敲醒，並表示要再去參觀那座塔。這天的天氣非常晴朗，這下她們才看到高聳雲端的塔頂。

在高塔附近，人們正在瀝乾從河裡運來的土，並將其製造成磚塊。接著再從一個階梯把那些磚頭搬進塔裡，把塔繼續往上蓋。偶爾有些沒排好的磚頭會以驚人的速度掉下來，若是被打中是很危險的。

正當奇諾小心翼翼並興致勃勃地參觀著這座高塔時，對於建築物頗有微詞的漢密斯小聲說：

「奇諾，這座塔會垮下來的！妳看地基的磚頭上一大堆龜裂的痕跡，要是受到強風吹襲，搞不好明天就會坍塌呢！」

奇諾「嗯——」一聲地點頭表示贊同。但是她們並沒有把這情況告訴國內的任何人。

那天夜裡刮起了暴風雨。

隔天，也就是奇諾她們入境第三天的早上。

奇諾在旅館拼命把自助式的早餐往肚子裡塞，屋外突然傳來一陣騷動。只聽到有人在大喊：

「塔要垮下來了！西側的人小心點哪！」

奇諾、漢密斯和旅館裡的人趕忙跑到馬路上，也看到高塔正開始緩緩崩塌。脆弱的地基逐漸粉碎，高塔無法承受本身的重量，從西側的磚頭開始崩塌，花了不少時間才完全垮下來。

在轟隆隆的崩塌聲停止後又過了好一陣子，揚起的塵埃才完全落定。高塔原本所在的位置這下已變成一座堆積如山的瓦礫。奇諾跟漢密斯朝那裡走去。

一大群人開心地站在瓦礫山上手舞足蹈，萬分雀躍地歡呼著：

「垮下來了！終於垮下來了！」、「等了兩百三十年

呢！」、「終於在我們這一代垮了！而且還讓我親眼看到！」、「呀呵！真是可喜可賀！」

其中一人對奇諾說：

「旅行者，塔終於倒了。我能夠在活著的時候親眼看到這景象，真是三生有幸啊！」

「接下來你們有什麼打算？」

漢密斯問道，他馬上回答：

「當然是再蓋一座新的塔囉！這次的目標是三百年都不會垮的塔！」

「原來如此。」

奇諾說道。

不久這國家的人們開始集會展開討論。

「看來，地基的磚頭不設計大一點是不行的！下次越往上堆，將磚頭做得越小一點試試吧！」

「風應該也是重要的考量因素吧？要不要把朝外的磚頭磨亮？這樣或許能削減整座塔所承受的力量呢！」

「那麼，該訂立什麼樣的計劃呢？從現在起花十年的時間把這堆瓦礫清掉，並利用這段期間做設計。下一個二十年則用來製造地基用的磚頭，並預定在三十年後完成地基。之後

只要好好把塔往上堆就行了。」
　奇諾對熱衷討論的群眾打聲招呼說：
「我們要準備出境了，各位保重了。」
　大家則笑容滿面地對她們揮手道別。於是奇諾她們準備回旅館去。
　這時有個男人走近奇諾，一副焦慮不安的模樣。
　他巴著奇諾說「有件事想請妳幫忙！」奇諾回答「什麼事？」
「請妳帶我離開這裡！」
　男人如此說道。奇諾問他原因，男人便回答：
「我再也不想待在這個國家了！老是建造不曉得哪天會崩塌的塔，實在太愚蠢了！我已經受夠了！」
「…………」
「旅行者一定也覺得這國家很奇怪吧？覺得大家都瘋了吧？請妳老實說好嗎？」
　奇諾果真老實說：
「我不曉得是你們全瘋了呢？還是只有你一個不對勁？」
　男人一臉欲哭無淚的表情，繼續央求奇諾：
「所以我求妳，帶我一起走吧！我不想一輩子住在這種國家裡，救救我吧！」
　奇諾告訴他那是不可能的，男人就說「既然這樣，我會不惜用武力讓妳答應哦！如果妳不想吃苦頭的話……」，不過奇諾表示這麼做會讓雙方都很困擾，也露出了大衣下的說服者，男人這才閉上了嘴。
　男人失望地跌坐在地上，最後放聲大哭了起來。
「我已經受夠這種生活啦……這個國家一點自由都沒有。一旦反對蓋高塔，就會受到非國民的待遇，並成為犧牲者。今後我該怎麼辦才好？……」
　奇諾問漢密斯什麼是人柱？漢密斯簡單明瞭地回答了

她，奇諾便說：

「我懂了。」

男人繼續哭著說：

「我受夠了只能蓋高塔的人生！我還有其他比造塔更想做的事！也想嘗試其他的事！可是我卻沒這自由！在這個國家毫無自由可言！我想要自由！」

奇諾看了漢密斯一眼，然後湊近男人耳邊說：

「既然你對造塔感到厭煩，那何不當個雕刻磚頭的名人，大量創作美麗的磚頭？」

「！」

男人突然把頭抬起來，瞪大原本還在哭泣的眼睛。

「對耶！這聽起來挺好玩的！這主意不錯！我就來試試看吧！我要在磚頭上刻出自己想要的圖案！」

男人起身高興地手舞足蹈，接著便衝向眾人聚集的地方。

「大家聽我說！我打算在磚頭雕刻！要在一塊塊的磚頭上刻出美麗的裝飾圖案！」

這下眾人紛紛說：

「哇～這主意挺不錯的嘛！」

「贊成！就把那些磚頭拿來鋪樓梯吧！鐵定很漂亮的！」

「真有你的！那就交給你囉！」

男人不好意思地微笑著。

然後奇諾她們離開了那裡，回到旅館把行李打理好，接著就出境了。

奇諾的旅行還會繼續下去，這個故事就在這裡劃下句點吧。

# 尾聲「在紅海正中央・a」
## —Blooming Prairie・a—

那個國家宛如廢墟。

放眼望去，石牆已完全倒塌，使它的存在失去了意義。用來阻隔內外的城門也傾倒在地上。

這地方沒有一棟建築物是完好的。不是窗戶破損、天花板塌陷，就是沒有牆壁。有被燒毀的房屋、也有筆直倒下波及其他屋舍的高塔，連道路也被坍塌的大樓、堆積如山的瓦礫所淹沒。

在一片萬里晴空下，這個已化為斷垣殘壁的城市顯得一片靜謐。

漢密斯的腳架被立起，停放在西城門附近瓦礫較少、地面依稀可見之處。

四周杳無人跡。

不久漢密斯自言自語地說：

「真無聊。」

此時廢墟響起了腳步聲，是奇諾朝漢密斯走回來。

奇諾披著一件棕色外套，肩膀，帽子，還有腳上都是灰塵。她把握在右手的「卡農」收到槍袋裡。

「怎麼樣，奇諾？」

漢密斯問道。

「一個人也沒有，到處散落著白骨，我想大部份的人都被埋在土堆裡了。」

奇諾拍拍身上的灰塵，冷靜地說道。

「不曉得原因是什麼？是地震？還是龍捲風？妳覺得呢？」

「不知道。」

奇諾簡短地回答，接著便穿上外套跨上了漢密斯。

「沒必要在這個國家停留了，我想以後也不可能來了。」

「知道了。」

接著奇諾發動引擎。吵雜的轟隆聲響遍廢墟。

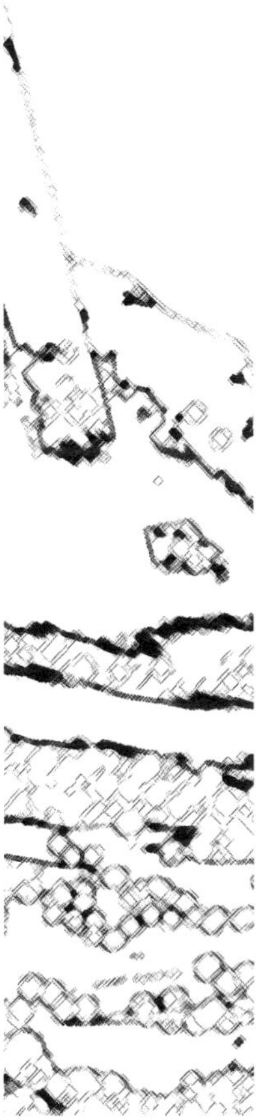

重新戴好帽子及防風眼鏡的奇諾，再度回頭看看廢墟。

「…………」

接著就駕著漢密斯向前駛去。

摩托車奔馳在沒有半個人影的道路上，不久她們就穿過了城門。

一駛到城門外，摩托車便行駛到草原上與緩坡相連的單行道上。

「我說奇諾呀，」

疾馳著的漢密斯說道。

「嗯？」

「接下來有什麼打算？」

「這個嘛……」

奇諾說著，想了一會兒。

當她們沿著大山丘往上爬，來到頂端時；

「來唱首歌好了。」

奇諾說道。眼前是一片火紅的世界，從山丘這頭到地平線的盡頭，全被盛開的花朵所覆蓋。

奇諾騎著漢密斯直往這片花海裡衝，漫天飛舞的花瓣擋住了她們的路。奇諾隨即關掉引擎，

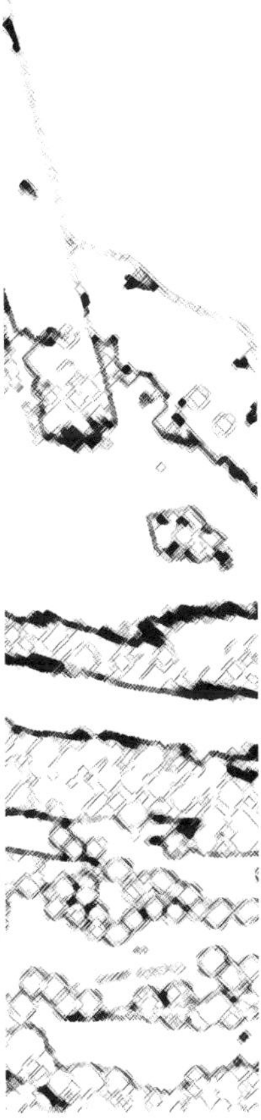



「哇！」

她毫不理會漢密斯的叫喊，任憑他倒向地上，自己也仰躺在花叢裡。

成千上萬的紅色花瓣滿天飛舞。

漢密斯以戲謔的口吻說：

「真過份，究竟是誰做出如此過份的事？」

「啊哈哈！」

奇諾開心地大笑，望著天空並大大地吸了口氣。

然後開始唱起歌來。

# 後記
## —Preface—

大家好，感謝你們把這部小說看到最後。我是大家熟悉的作者時雨沢惠一。

《奇諾の旅》終於也出到第四集了。這也完全是拜各位讀者之賜。

真的是感謝、感激、淚如雨下！

面對急轉直下的發展，連我這個作者都無法預測接下來故事會怎麼發展呢（笑）。

這次奇諾之所以在結尾到宇宙旅行，是完全按照我最初期的構想。

至於她跟初次出現的真正敵人——「四大魔王宇宙」之戰的構想也幾乎沒做過變動。還有開罐器在最後一戰發揮重要的作用，在第三話開水老是煮不開就是重要的伏筆等等，能照自己原本的構想寫出來，我真的很滿意。

老實說，本來只打算出三集的說。是後來覺得把奇諾的角色設計完整一點會比較好，所以現在才讓這角色「初次登場」！

漢密斯能變成綠色宇宙船這個功能，本來是想在第二集結尾就寫出來的，想不到竟然挪到這麼後面。因為有時候預定計劃會亂掉，常害我擔心接下來的故事該怎麼發展才好（笑）。

相信有人會對陸其實是敵人派來的間諜，而西茲聞了三氯甲烷之後遭到綁架的情節感到驚訝吧。而且刀還被折斷成五截，西茲少爺到底會怎麼樣呢？其實我這個作者自己也不知道（爆笑）。因為我也還沒決定（再爆笑）。

不過我唯一能說的是，奇諾和西茲為了追求未來而展開的真正戰鬥才剛開始，所以精彩好戲還在後頭呢。

打倒了「四大魔王宇宙」其中一人，並得到連師父都得不到手的傳說中的說服者「苦澀卡農～魔射滅鐵～」如今奇諾她們即將前往深宇宙的外圍。

接下來像是該如何通過魔鬼空間「渥伊德」的謎團、在沿路經過的星球上發生的人性小插曲、以及跟不斷來襲的敵軍特殊部隊「THE 暗黑武官四五十色」的驚險戰鬥，將成為整個故事的重心。

對了對了，在最後一話啟動第二宇宙速度時，奇諾曾說「眼藥很苦」。這句話是往後故事發展的一大暗示。糟糕～我竟然把它寫出來了（笑）。

附帶一提，這次師父將再度登場。而且在吃飯的橋段裡會跟西茲你一言我一語地爭論不休。時雨沢我最喜歡這種精彩的對話了。老實說，我曾打算花一整話來寫這類的內容。

可是就因為編輯一句「太長了」，不得已只好刪、刪、刪（淚……）。改天有機會的話，希望能跟大家解釋清楚西茲為什麼那麼喜歡炭烤。

好了，關於今後的《奇諾の旅》，接下來大約有三集將以戰鬥為主題。因此故事的發展會比較殘酷一些。第二部馬上來個嗆一點的發展，奇諾在好不容易抵達的星球上，捲入邪惡的股票交易糾紛。失去現款和漢密斯的奇諾，該如何挽回劣勢？我想這將是電擊文庫第一部財經小說吧。第二部大概預計出二十集。

第三部的故事則急轉直下，奇諾面臨必須到某星球的學校唸書的窘境。之前遇到的敵人終於把魔掌伸向她同學！尤其是一個驚人的重要角色，將以終結學校的神秘學生會會長的身份再度登場——糟糕，這可不能說（笑）！或許會讓你們跌破眼鏡喲（奸笑）！

《奇諾の旅》還會繼續下去。目前情節已經企劃到第三十四部了，總計將有四百五十四集，看來是有得耗了。接下來我還是會拼命寫下去的，請大家多多支持哦！

二〇〇一年　夏　　　　時雨沢 惠一

Kadokawa Fantastic Novels

**彩雲國物語　紅風乍現**
作者／雪乃紗衣　插畫／由羅カイリ
ISBN986-7299-16-7
當荒廢政事的年輕俊美國君，遇上精打細算的貧窮貴族千金，一齣顛覆傳統的宮廷戲碼就此展開……。本作榮獲日本第一回BEANS小說賞獎勵賞・讀者賞。

**彩雲國物語　黃金的約定**
作者／雪乃紗衣　插畫／由羅カイリ
ISBN986-7299-36-1
彩雲國的官員紛紛因中暑而病倒，缺錢的秀麗於是男扮女裝前往宮中打零工，除了怕被國王撞見，還必須面對從不摘下面具的古怪上司!?清新宮廷小說再次登場。

**彩雲國物語　紫殿花開**
作者／雪乃紗衣　插畫／由羅カイリ
ISBN986-7299-92-2
秀麗成為彩雲國內首位女官員！參加彩雲國會試高中探花的秀麗，開始了正式分發前的新生訓練，種種的麻煩卻接踵而來……!?超人氣的古代宮廷劇碼爆笑登場！

**聖魔之血　Reborn on the Mars I　悲歎之星**
作者／吉田直　插畫／THORES柴本
ISBN986-7427-49-1
吸血鬼候爵涵勒，企圖以失落的科技兵器「悲歎之星」毀滅人類，教廷派遣的巡視神父亞伯，能阻止涵勒的企圖嗎……「聖魔之血」長篇系列R.O.M.的第一集。

**聖魔之血　Rage Against the Moons I　From the Empire**
作者／吉田直　插畫／THORES柴本
ISBN986-7427-86-6
「聖魔之血」的前傳式短篇系列R.A.M.登場！亞伯神父在威尼斯，與真人類帝國派遣的女吸血鬼亞絲，聯手追捕逃出真人類帝國的重大罪犯…共收錄4篇故事。

**聖魔之血　Reborn on the Mars II　熱砂天使**
作者／吉田直　插畫／THORES柴本
ISBN986-7299-37-X
正於迦太基訪問的米蘭公爵卡特琳娜面前，出現了一名吸血鬼少年。他是帶來真人類帝國皇帝旨意的特使！史上首度和人類接觸的吸血鬼皇帝，究竟有什麼目的!?

**聖魔之血　Rage Against the Moons II　Silent Noise**
作者／吉田直　插畫／THORES柴本
ISBN986-7299-93-0
「聖魔之血」前傳式短篇系列R.A.M.第二集登場！薔薇騎士團的坎柏菲在亞伯眼前毀掉了巴塞隆納，並宣告下一個目標就是羅馬！陷入失意的亞伯能夠守護教廷嗎？

## Kadokawa Fantastic Novels

### 奇諾の旅Ⅰ the Beautiful World
作者／時雨沢惠一　插畫／黑星紅白

ISBN986-7664-77-9

『世界並不美麗。正因為如此才顯出它的美』。以短篇小說的形式串聯出人類奇諾與會說話的摩托車漢密斯的旅行故事。前所未見的新感覺小說登場。

### 奇諾の旅Ⅱ the Beautiful World
作者／時雨沢惠一　插畫／黑星紅白

ISBN986-7664-95-7

人類奇諾與會說話的摩托車漢密斯的旅行故事。以短篇小說的形式，串聯出前所未見的新感覺小說第2彈！書中登滿了超人氣黑星紅白的彩色插圖!!

### 奇諾の旅Ⅲ the Beautiful World
作者／時雨沢惠一　插畫／黑星紅白

ISBN986-7427-08-4

當奇諾跟漢密斯還在師父家的時候，奇諾她們的住處來了三名山賊？(「說服力」)。收錄共6話的內容。蔚為話題之新感覺小說第3彈！

### 奇諾の旅Ⅳ the Beautiful World
作者／時雨沢惠一　插畫／黑星紅白

ISBN986-7427-41-6

來到某個國家的奇諾與漢密斯，看到一對吵得很兇的男女……(「兩人之國」)。收錄共11話的內容。蔚為話題之新感覺小說第4彈！

### 奇諾の旅Ⅴ the Beautiful World
作者／時雨沢惠一　插畫／黑星紅白

ISBN986-7427-60-2

前往某個國家的奇諾與漢密斯遇到一名男子。那男子希望能與她們同行，但是奇諾斷然拒絕。接下來……(「能殺人之國」)。收錄共10話的內容。

### 奇諾の旅Ⅵ the Beautiful World
作者／時雨沢惠一　插畫／黑星紅白

ISBN986-7427-89-0

等待出境的奇諾與漢密斯遇到一名男子。那男子說過去殺了人，為了乞求原諒便跟一名女性出來旅行。(「她的旅行」)。收錄共11話的內容。

### 奇諾の旅Ⅶ the Beautiful World
作者／時雨沢惠一　插畫／黑星紅白

ISBN986-7299-19-1

奇諾與漢密斯遇見了「移動之國」並入境。而那個「移動之國」前往的地方還有個「禁止通行之國」，之後……(「困擾之國」)。收錄共8話的內容。

## Kadokawa Fantastic Novels

### 奇諾の旅Ⅷ the Beautiful World
作者／時雨沢惠一　插畫／黑星紅白

ISBN986-7299-71-X

奇諾與漢密斯拜訪一個國家，該國全體國民都有戴「眼鏡」的義務，而那付眼鏡是用來……。（「無法做壞事之國」）等。超人氣系列作品最新作!!

### 今天開始魔の自由業！
作者／喬林　知　插畫／松本手毬

ISBN986-7427-59-9

平凡的高中生澀谷有利，被馬桶的急促水流帶到了充滿歐洲風格的異世界！還莫名其妙成為真魔國的魔王？讓你笑破肚皮的刺激奇幻冒險小說，堂堂登場囉！

### 這次是魔の最終兵器！
作者／喬林　知　插畫／松本手毬

ISBN986-7427-87-4

一不小心就當上魔王的有利，為了尋找魔王的最終兵器——魔劍，踏上了尋劍之旅，卻遇到了不少窘境！絕對讓你捧腹大笑的奇幻冒險小說，再度登場！

### 今夜是魔の大逃亡！
作者／喬林　知　插畫／松本手毬

ISBN986-7299-21-3

有利陰錯陽差又回到了真魔國，這次的任務是尋找能夠呼風喚雨的魔笛！不料，竟跟古恩達被誤會成情侶!?讓你捧腹大笑、High到最高點的奇幻冒險小說第三集！

### 涼宮春日的憂鬱
作者／谷川　流　插畫／いとうの

ISBN986-7427-88-2

第八屆「Sneaker」大賞受賞作。校內第一怪人涼宮春日，組了個「為了讓世界變得更熱鬧的ＳＯＳ團」，而外星人、未來人與超能力者皆應涼宮的願望出現了?

### 涼宮春日的嘆息
作者／谷川　流　插畫／いとうの

ISBN986-7299-20-5

率領ＳＯＳ團的涼宮春日，這次把歪腦筋動到校慶去了！只要她隨口一句，那些外星人、未來人、超能力者就會吃盡苦頭——暴走度ＮＯ.１的校園故事再次展開！

### 涼宮春日的煩悶
作者／谷川　流　插畫／いとうの

ISBN986-7299-53-1

一無聊就會發動異常能量的涼宮春日，這次又突發奇想，號召ＳＯＳ團參加棒球大賽、舉辦七夕許願活動、前往孤島合宿……瘋狂ＳＦ校園喜劇第三彈！

Kadokawa Fantastic Novels

## 新羅德斯島戰記 序章

作者／水野良　插畫／美樹本晴彥

ISBN986-7993-72-1

年輕的瑪莫公王史派克經歷的邂逅及別離；炎之部族的女族長娜蒂亞激烈的一生；不死者之王的真面目…隱藏在羅德斯島的許多故事，現在正要開始！

## 新羅德斯島戰記1 暗黑森林的魔獸

作者／水野良　插畫／美樹本晴彥

ISBN986-7993-91-8

邪神戰爭結束已有一年，但邪惡之火仍在瑪莫島燃燒。內亂的徵兆、魔獸的出現及暗中活躍的舊帝國餘黨…年輕的瑪莫公王史派克要如何度過危機？

## 新羅德斯島戰記2 新生的魔帝國

作者／水野良　插畫／美樹本晴彥

ISBN986-7664-04-3

為了讓黑暗被光明取代，史派克與出沒於各地的魔獸戰鬥著。但是新生的瑪莫帝國卻在史派克展開周遊羅德斯之旅時暗中伸出魔掌，而露出了真面目！

## 新羅德斯島戰記3 黑翼邪龍

作者／水野良　插畫／美樹本晴彥

ISBN986-7664-28-0

襲擊瑪莫公國的不治之症——「龍熱」。這其實是新生瑪莫帝國設下的狡猾陷阱！以闇黑之島瑪莫為舞台，交織著熾熱的希望與龐大野心的第三集！

## 新羅德斯島戰記4 命運的魔艦

作者／水野良　插畫／美樹本晴彥

ISBN986-7299-25-6

羅德斯和瑪莫島間的往來商船接二連三被神秘軍艦擊沉，於是公王和同伴們再次出征，卻遭古代王國強力的魔法裝置擊破。漂流到岸邊，卻遇見意想不到的人物!?

## 蒸氣男孩 an adventure story of STEAMBOY

作者／村井　原著／大友克洋

ISBN986-7299-57-4

19世紀中期是蒸氣與工業革命的年代。出身發明世家的少年雷，從祖父洛伊德得到了一個神秘的蒸氣球。它竟能改變人類與科學的歷史!?動畫鉅作原著堂堂登場！

國家圖書館出版品預行編目資料

奇諾の旅：the Beautiful World／時雨沢 惠一作；
莊湘萍譯．--初版--臺北市：臺灣國際角川，
2004-〔民93-〕冊；公分
譯自：キノの旅：the Beautiful World
ISBN 986-7664-77-9（第1冊：平裝）.--
ISBN 986-7664-95-7（第2冊：平裝）.--
ISBN 986-7427-08-4（第3冊：平裝）.--
ISBN 986-7427-41-6（第4冊：平裝）.--
861.57　　　　　　　　93002314

Kadokawa
Fantastic
Novels

# 奇諾の旅Ⅳ
## —the Beautiful World—

（原著名：キノの旅Ⅳ—the Beautiful World—）

2004年9月17日 初版第1刷發行
2023年6月7日 初版第10刷發行

作者：時雨沢惠一
插畫：黑星紅白
日版設計：鎌部善彥
譯者：莊湘萍
發行人：岩崎剛人
總編輯：蔡佩芬
編輯：黎夢萍
美術設計：宋芳茹
印務：李明修（主任）、張加恩（主任）、張凱棋
發行所：台灣角川股份有限公司
地址：104台北市中山區松江路223號3樓
電話：（02）2515-3000
傳真：（02）2515-0033
網址：www.kadokawa.com.tw
劃撥帳戶：台灣角川股份有限公司
劃撥帳號：19487412
法律顧問：有澤法律事務所
製版：巨茂科技印刷有限公司
ISBN：978-986-742-741-0